Verlockung der Nacht

Buch 10
Die Wölfe der Twin Moon Ranch

Anna Lowe

Inhaltsverzeichnis

Kapitel 1

„Und wie viele Skinwalker hast du heute verhaftet?"

Andie schloss die Tür ihres Streifenwagens, steuerte auf die Zentrale zu und ignorierte Chavez. „So was gibt es nicht, schon vergessen?"

Chavez gab einen tadelnden Laut von sich. „Na, na, Officer Hale. Bist du immer noch nicht lang genug in Arizona, um zu wissen, dass die Legenden wahr sind?"

„Anscheinend nicht." Sie marschierte weiter, schenkte ihrer Umgebung mehr Beachtung als Chavez. Selbst nach einem langen, harten Arbeitstag empfand sie jedes Mal wieder Ehrfurcht vor die Schönheit der Landschaft im Norden von Arizona. Schnee lag auf den Kiefern der Hügel rund um die Stadt, die untergehende Sonne tünchte die rötlichen Felsen in eine noch intensivere Schattierung.

Ihr Partner Kyle tat es ihr gleich. Seine Nasenflügel blähten sich, als er die Augen schloss. Gleich darauf umspielte ein verhaltenes Lächeln seine Lippen. Wahrscheinlich freute er sich darauf, nach Hause zu seiner Frau und seinen Kindern zu fahren.

Noch vor einem Monat hätte Andie dabei sehnsüchtig geseufzt. Stattdessen schlug ihr Herz ein bisschen schneller, weil Kyle nicht der Einzige war, der zu jemand Besonderem nach Hause wollte.

Rasch unterdrückte sie ihr Lächeln, bevor es jemand mitbekommen konnte – beispielsweise Lee oder, schlimmer noch, Chavez, deren Schicht gleichzeitig mit ihrer endete.

„Wie war dein Tag, Lee?", wandte sich Andie an Chavez' Partner. „Alles gut?"

„Na ja, dafür, dass wir den ganzen Tag nach einem riesigen Huhn gesucht haben…“, warf Chavez ein.

„Kasuar“, korrigierte Lee.

„Jacke wie Hose. Ein echt großer, gefährlicher Vogel mit Krallen so lang wie mein Finger – oder ein anderes Körperteil.“

„So klein, ja?“, scherzte Andie.

Alle brachen in Gelächter aus, und sogar Chavez grinste.

„Der war gut, Hale. Richtig gut. Aber Hauptsache, ich habe den Tag überlebt – und somit eine weitere Zwölf-Stunden-Schicht mit dem Clown da.“ Er zeigte auf seinen Partner.

Lee schmunzelte. „Ja, ja. Vergiss nur nicht, wer dir den Rücken deckt, wenn es das nächste Mal heiß hergeht.“

„Das ist auch so eine Sache. Vielleicht solltest lieber du vorausgehen, während ich dir den Rücken decke“, schoss Chavez zurück. „Oder halt. Vergiss das. Bin mir nicht sicher, ob ich die Aussicht ertragen kann.“ Dann drehte er sich um und stupste Kyle. „Ich weiß was. Du und ich tauschen die Partner.“ Mit wackelnden Augenbrauen sah er Andie an. „Die Aussicht würde mir gefallen.“

Andie seufzte innerlich. Sprüche wie diesen kannte sie in- und auswendig. Einer der Jungs hatte mal ein Foto von Cindy Crawford an ihren Spind geklebt und behauptet, sie wäre ihr unheimlich ähnlich. Von wegen. Andie mochte dasselbe kastanienbraune Haar, die schlanke Figur und die langen Beine besitzen, aber sie hatte Besseres zu tun, als in Stöckelschuhen über Laufstege zu stolzieren – das hatte sie verdeutlicht, indem sie das Foto durch ein Standbild aus einem Western-Klassiker ersetzt hatte. Es zeigte den jungen Clint Eastwood, wie er lässig mit seiner Zigarre eine Dynamitstange anzündete. So sah sie sich wesentlich lieber. Taff. Unerschütterlich. Clever. Jemand, mit dem man sich besser nicht angelegte.

Sie warf Chavez einen vernichtenden Blick zu, bevor sie sich an Kyle wandte. „Helft mir auf die Sprünge – wie geht man noch mal dabei vor, einen Polizisten wegen sexueller Belästigung anzuzeigen?“

Chavez lachte grölend. „Ha. Erwischt. Ich habe gemeint, dass ich Kyle kriege. Du und ich, Großer.“ Er legte Kyle die Hand auf die Schulter. „Was hältst du davon?“

Kyle schüttelte ihn ab. „Kannst du knicken, Chavez."

„Verdammt." Seufzend hielt Lee die Tür zur Zentrale auf. „Ich hoffe immer noch, diesen Kasper loszuwerden."

Chavez verdrehte die Augen und folgte ihm. Während sie ihre Routine abspulten – Ausrüstung abgeben, die Berichte des Tags abzeichnen, die Uniformen gegen Zivilkleidung tauschen, um weniger auffällig den Heimweg anzutreten –, plapperte er unentwegt vor sich hin.

„Nur nicht zu viel Zeit mit deiner Frisur vergeuden, Hale", scherzte Chavez, während Andie durch den täglichen Ablauf hastete.

Andie ignorierte ihn genauso wie oft auch ihre Mutter. Die Frau nörgelte ständig an ihr herum, drängte sie zu einer neuen Frisur, einem neuen Job, einem neuen Mann – *irgendeinem* Mann, wenn es nach ihrer Mutter ging.

„Du auch nicht", konterte sie und strich mit der Hand über seine Glatze.

Er grinste. „Soll das ein Scherz sein? So kriegen die Ladys gar nicht genug von mir."

„Ladys? Mehrzahl?" Lee lachte. „Eine wäre schon mal ein guter Anfang, Mann."

Chavez verzog kurz das Gesicht, dann lachte er über die Zeitung, die im Umkleideraum lag.

„Ha. Habt ihr das gesehen? Wir haben es landesweit in die Nachrichten geschafft." Chavez hielt die Titelseite hoch, während Andie die abgewetzte Bomberjacke anzog, die einst ihrem Vater gehört hatte.

Sie warf einen Blick hinüber, bevor sie die Augen verdrehte. „Das Schundblatt kann man wohl kaum als Nachrichten bezeichnen."

Skinwalker gesichtet! brüllte die Schlagzeile über der Skizze eines Mannes in einem Wolfspelz.

„Na toll." Lee schüttelte den Kopf. „Demnächst werden wir alle Spinner in der Stadt haben, die an den Mist glauben."

Andie seufzte. „Manchmal glaube ich, das haben wir schon."

„Könnte schlimmer sein. Zum Beispiel wie in Sedona." Chavez warf sich in eine dramatisch-spirituelle Pose. „Energieströme! Ich spüre die Kraft der Energieströme!"

Lee verzog das Gesicht. „Stimmt."

„Oh. Oh! Wir können deine Nachbarin fragen", fuhr Chavez fort. „Sie behauptet doch, einen Skinwalker gesehen zu haben, oder?"

Andie nickte müde. Yvette, eine freigeistige Künstlerin in ihren Fünfzigern, war unbestreitbar ein Original.

„Ja. Viermal, sagt sie. Aber wir reden hier von der Frau, die berichtet hat, sie hätte im Wald menschliche Fußabdrücke entdeckt, die sich nahtlos in Bärenspuren verwandelt haben. Und die angegeben hat, sie hätte in der Gegend einen Höllenhund gehört. Erinnert ihr euch daran? Das war vor wenigen Jahren."

Sie schaute zu Kyle, der schwieg und ausdruckslos dreinschaute.

„Vielleicht hat sie ja recht", meinte Chavez vorsichtig.

„Und vielleicht gewinne ich heute Abend im Lotto", merkte Lee nüchtern an.

„Wenn sie was gesehen hat, dann nur ein paar Kinder mit Flausen im Kopf", sagte Andie. „Oder jemanden, der mögliche Käufer der Lazy Q Ranch vergraulen will."

Östlich standen Hunderte Morgen Land zum Verkauf, auf das mehrere Bauunternehmer scharf waren.

Es muss einen Weg geben, diese Trottel aus der Großstadt aufzuhalten, hatte Yvette gesagt.

Beim Gedanken, dass all die Schönheit der Flora und Fauna zerstört werden könnten, verspürte Andie einen Stich im Herzen.

Und auf einmal verstärkte sich der Drang, nach Hause zu eilen. Sie schnappte sich ihre Schlüssel und steuerte auf die Tür zu.

„Wow. Da hat es aber jemand eilig", stichelte Chavez. „Hast du ein heißes Date?"

Wortlos winkte Andie zum Abschied. Nicht unbedingt ein heißes Date. Sehr wohl jedoch erwartete sie an diesem Abend besondere Gesellschaft, auf die sie sich freute.

Kapitel 2

Auf der Heimfahrt öffnete Andie den Dutt, den sie stets während der Arbeit trug, und kämmte das lange, kastanienbraune Haar mit den Fingern durch. Danach reckte sie den Hals, um die Sterne zu betrachten. Nach und nach wichen die dichten Straßen des Stadtzentrums den breiten Alleen der umliegenden Einkaufszentren. Dann blieben auch sie hinter ihr zurück und überließen sie dem offenen Panorama, das sie so liebte.

Das nördliche Arizona. So viel raue, wilde Schönheit und Einsamkeit. Nur sie und ein Hase, der über die Straße hoppelte, die großen Ohren wachsam aufgerichtet. Fledermäuse flatterten um die Pappeln herum, die dem geschwungenen Verlauf eines Baches folgten. Über Andie glitzerte und funkelte ein Universum aus Sternen.

Gott, wie sie die Hochwüste liebte. Die erlesenen Einzelheiten, die weitläufigen Mesas. Die subtilen Jahreszeiten. Vor allem in ihrem kleinen Paradies an einem holprigen Feldweg weit außerhalb der Stadt.

Die Straße stieg zu einem Aussichtspunkt mit Blick auf die Lazy Q Ranch an. Eine Ansammlung von hellen Lichtern kennzeichnete das alte Gehöft im Herzen der Ranch. Von dort aus ließen trübere Schimmer erkennen, wo die Schuppen, die Koppeln und die Viehställe lagen.

Abgesehen davon gab es nur offene, hügelige Gegend und drei darüber verstreute Lichtpunkte – einen für jedes der kleineren Gebäude auf dem Areal der Ranch. Der Ziegenhirte wohnte in der alten Schlafbaracke im Westen. Yvette, die Künstlerin, lebte in einer umgebauten Räucherkammer ganz im Osten. Das dritte Plätzchen hatte Andie gemietet – ein kleines Cottage, das man vor fast einem Jahrhundert für den Ranchleiter gebaut hatte. Sie bog scharf nach rechts auf die eine halbe Meile lange Schotterpiste ab, die ihr als Zufahrt diente, dann trat sie auf die Bremse.

„Hallo, Nachbarn", murmelte sie zu den über fünfzig Ziegen, die ihr den Weg versperrten.

Meckernd trotteten sie über die Straße. Andie ließ das Fenster runter. Kühle Abendluft drang zusammen mit dem Lärm der Glöckchen der Tiere ins Auto.

„Hi, José", rief sie dem Ziegenhirten zu. „Du bist heute Abend spät unterwegs."

Er lüpfte aus dem Sattel seines Palominos Chico den Hut.

„*Sí*. Vier Ziegen sind ausgebüxt. Hat eine Stunde gedauert, sie alle wieder zusammenzutreiben."

Einer von Josés Pyrenäenberghunden legte die Vorderpfoten aufs Trittbrett von Andies Wagen und steckte die Schnauze durchs Fenster.

Lachend kraulte Andie ihn zwischen den Ohren. „Hi, Lucky. Bist du ein braver Hund?"

José schüttelte den Kopf. „Nein. Er hat die Ziegen ausbüxen lassen."

Andie streichelte ihn kräftiger und flüsterte: „Du bist trotzdem ein braver Hund."

Lucky lehnte sich ihrer Hand entgegen, bevor er sich bei Josés Kommando widerwillig entfernte.

„*Vamanos*. Zeit, nach Hause zu gehen. *Hasta luego, amiga.*"

Andie winkte und wartete, bis die letzte Ziege vorbeigetrabt war. Dann legte sie den Gang ein und fuhr das restliche Stück zu ihrem Haus. Solar-Gartenleuchten säumten den Gehweg. Ihr Licht reichte gerade aus, um den Schlüssel ins Schloss zu stecken. Ja, ein richtiges Schloss, auch wenn sich wohl kaum ein Dieb so weit nach draußen verirren würde. Andie lachte über den Gedanken, aber hey. Da sie in Kalifornien aufgewachsen war und in der Strafverfolgung arbeitete, konnte sie die Macht der Gewohnheit nicht abschütteln.

Während der Fahrt nach Hause hatte ihre Energie eine Flaute erfahren. Nun jedoch eilte sie vor lauter Vorfreude durch das kleine Haus. Sie schnappte sich einen Behälter mit den

Resten vom Vorabend, ging über die hintere Veranda und stieg drei krumme Stufen hinunter. Dann duckte sie sich unter der Wäscheleine hindurch und überquerte das verwitterte Fleckchen Erde, das ihren Garten hinter dem Haus bildete. Schließlich erklomm sie eine Anhöhe und hopste auf einen thronähnlichen, flachen Felsbrocken. Dort stand sie und ließ die Umgebung auf sich wirken.

All die Weiten. All die Sterne. Alles für sie, um es aufzusaugen wie einen Traum.

Früher hatte sie die Sterne als Hauptattraktion betrachtet, neuerdings jedoch richtete sie den Blick auf den Boden.

„Bist du da, Kumpel?" Ihr Herz schlug schneller, als sie in die Nacht flüsterte.

Die Büsche rührten sich, doch es lag nur am Wind.

Eine lange, hoffnungsvolle Minute verharrte sie, dann setzte sie sich hin und wartete. Hoffte. Träumte. Nachdem sie rasch gegessen hatte, zog sie die Knie an die Brust, stützte das Kinn auf die Arme und ließ den Tag Revue passieren, die Höhepunkte ebenso wie die Tiefpunkte. Schließlich hörte sie ein leises Schnauben. Abrupt schaute sie auf.

„Da bist du ja." Sie setzte ein Grinsen auf. „Wie schön, dich zu sehen!"

Eine Untertreibung, denn ihr Herz schlug jäh schneller, und ihre Stimmung stieg in lichte Höhen auf. Jedes Mal, wenn sie ihren Freund sah, wurde sie von einer kindlichen Freude überwältigt, die sie so breit lächeln ließ, dass ihre Wangen regelrecht schmerzten. Schon komisch, was für eine Wirkung ein Tier aus der Gattung *Canis* auf eine Frau haben konnte.

Andererseits stattete nicht jeder jungen Frau regelmäßig ein wilder Wolf einen Besuch ab.

Ja, ein Wolf. Kein Kojote, wie sie gedacht hatte, als er ihr zum ersten Mal in der Nähe ihres Hauses aufgefallen war. Ein waschechter, graubrauner Wolf, den sie Buck getauft hatte, benannt nach dem heldenhaften Hund in *Der Ruf der Wildnis*, dem Idol ihrer Kindheit.

Er schnaufte erneut, was ihr Verstand in Worte übersetzte.

Ich freue mich auch, dich zu sehen. Wie geht es dir heute Abend?

„Jetzt gut", flüsterte sie. „Was ist mit dir? Alles in Ordnung?"

Er wackelte mit den Ohren und wedelte mit dem Schwanz, als wollte er sagen: *Es geht mir gut, danke.*

Die meisten Menschen würden sie für verrückt halten, weil sie einem wilden Tier so nahe kam – und sich vorstellte, sich mit ihm zu unterhalten. Aber Buck war besonders. Anfangs hatte er wie ein Schatten in der Dunkelheit gekauert und sie beobachtet. Eigentlich eher eine gefühlte Präsenz als eine in der Landschaft erkennbare Gestalt. Dann hatte er sich im Verlauf von sechs Wochen vorsichtig näher in Sicht gewagt, näher und näher, bis...

Andie stockte der Atem, als Buck geradewegs zum Fuß ihres Felsbrockens tappte – ohne jede Spur seiner anfänglichen Scheu. Im Gegenteil, er schien sich genauso sehr zu freuen, sie zu sehen, wie umgekehrt.

„Tut mir leid, dass ich dich gestern verpasst habe", flüsterte sie. „Die Arbeit hat mich aufgehalten."

Kurz ließ er den Schwanz leicht hängen, bevor er umso schneller wieder damit wedelte, als verziehe er ihr.

Grinsend ertappte sie sich dabei, die Hand auszustrecken, um ihn zu streicheln. Schnell zog sie den Arm zurück. Buck war trotz allem ein wildes Tier. Sie hatte sich geschworen, ihn nicht zu berühren, zu füttern oder sich ihm zu nähern. Eine der Regeln hatte sie ohnehin bereits gebeugt, indem sie ihn so dicht an sich heranließ, doch bei den anderen musste sie zu seinem eigenen Schutz hart bleiben. Wildtiere konnten nicht zwischen freundlichen Menschen und schießwütigen Jägern unterscheiden.

Natürlich war es vermutlich auch keine gute Idee, dass sie ihm einen Namen gegeben hatte, doch sie hatte nicht anders gekonnt.

Buck. Wie in Der Ruf der Wildnis, hatte sie eines Abends ziemlich am Anfang zu ihm gesagt. *Macht es dir etwas aus, wenn ich dich so nenne?*

Tat es offenbar nicht. Und albern, wie sie war, hatte sie sich ihm sogar vorgestellt.

Ich bin Andie. Na ja, eigentlich Andrea. Freut mich, dich kennenzulernen, Buck.

Als ob sich ein wildes Tier dafür interessierte.

Aber genau das fand sie an Buck so eigenartig. Er wirkte derart klug und aufmerksam, dass er den Eindruck vermittelte, es würde ihn tatsächlich interessieren.

Einige Minuten lang saßen sie gesellig schweigend da und lauschten den Geräuschen der nächtlichen Wüste. Dem Rascheln von Gras in der leichten Brise, den flüchtigen Lauten von Insekten. Leichter Fichtenduft wehte von den Bergen herüber.

„War dir letzte Nacht auch nicht zu kalt?", fragte sie leise.

In Bucks Augen blitzte etwas auf, als wollte er sagen: *Kalt? Mir?*

Sie kicherte, als sie sich ihn mit der gedehnten Aussprache eines typischen Cowboys vorstellte, denn wäre Buck ein Mensch, dann wäre er wohl genau das. Einer dieser großen, stillen, kantigen Kerle, von denen alles abprallte, ob schlechtes Wetter oder Pech. Bescheiden, drahtig, mit dem Herzen am rechten Fleck.

Schon seltsam, wie ein Blick in diese tiefen, gefühlvollen Augen ihre Fantasie beflügelte.

Dann schüttelte sie sich leicht und nickte Buck zu. „Ich schätze, richtig kalt wird dir nie. Immerhin hast du den perfekten Mantel."

Und es stimmte – er besaß ein dichtes, gesundes Fell aus dunklen Braun- und Grautönen, die an den Beinen in Schwarz übergingen.

Erwartungsvoll sah er sie an, bis sie über der Jacke die Arme vor der Brust verschränkte. „Mir geht's gut. Weißt du, die Jacke ist von meinem Vater."

Als er den Kopf schieflegte, strich sie mit einer Hand am Fleecekragen entlang. „Als ich ein Kind war, hat er immer davon erzählt, wie er in Arizona aufgewachsen ist und dass der Nachthimmel hier so schön sein soll. Also bin ich schließlich hergezogen, um ihn mit eigenen Augen zu sehen."

Ein vertrauter Kloß bildete sich in ihrem Hals, als sie emporschaute. Der Große Wagen befand sich unmittelbar vor ihr und wies zum Nordstern. Orion, der Jäger, schritt von Sirius verfolgt über die Himmelslandschaft, während weit im Süden der Skorpion mit seinem gekrümmten Schwanz den Himmel zerschnitt.

„Wunderschön", murmelte sie und wünschte, ihr Vater könnte sie sehen.

In der Ferne tauchte ein durch die Kurven fahrender Lastwagen abwechselnd auf und verschwand. Man sah nur die ruckelnden Lichter, statt ihn zu hören. Andie zog sich innerlich alles zusammen, als sie sich vorstellte, er könnte Zement befördern, der die Erde ersticken würde. Irgendwann in naher Zukunft würde es wohl dazu kommen, denn die Lazy Q Ranch stand zum Verkauf, und Bauunternehmer zeigten reges Interesse daran. Am Ende würden schnittige SUV das weidende Vieh ablösen, und Zäune würden die weite Landschaft in winzige Parzellen zerschneiden. Damit wäre dieser Winkel von Arizona für immer ruiniert. Was würde dann aus Buck werden?

Sie stützte das Kinn auf die Knie und betrachtete ihn.

Als er abermals den Kopf schieflegte, brachte sie es nicht übers Herz, ihre Bedenken zu äußern. Stattdessen murmelte sie: „Tut mir leid. Menschen sind manchmal leider beschissen."

Eigenartig, wie es in seinen Augen flackerte, als wollte er vermitteln: *Kannst du laut sagen.*

„Es ist trotzdem eine wunderschöne Nacht", flüsterte sie und verdrängte die trübsinnigen Gedanken.

Buck sah sich um, schüttelte sich leicht und trabte zweimal um Andies Felsbrocken herum. Dann ließ er sich in der Nähe ihrer Füße nieder und schaute in die gleiche Richtung wie sie. Es war ein kleines Ritual, das Buck sehr zu ihrer Freude entwickelt hatte. Er umkreiste sie und prüfte die Umgebung, bevor er sich hinpflanzte wie ein König, der den Blick über sein Reich wandern ließ.

Dann harrten sie aus wie zwei alte Freunde. So gute Freunde, dass sie keiner Worte bedurften, um sich gegenseitig zu verstehen. Freunde, die dasselbe schätzten und dieselbe Liebe für die Wildnis empfanden. Einen solchen Freund hatte Andie in der Welt der Menschen noch nie gefunden und würde es wahrscheinlich auch nie.

Freude und Melancholie brodelten nebeneinander, doch Letztere verdrängte Andie.

„Eine wunderschöne Nacht", flüsterte sie.

Buck schnippte mit den Ohren, und sie malte sich seine Antwort aus. *Genau, eine wunderschöne Nacht.*

Kapitel 3

Roy schloss die Augen, schnupperte und holte tief Luft. Es war wirklich eine wunderschöne Nacht. Er hatte alles, was er brauchte. Dank einer erfolgreichen Jagd vorhin einen vollen Magen. Auch die Körpertemperatur empfand er als angenehm – oben kühl, wo sein Fell ihn schützte, unten warm, wo der felsige Boden die tagsüber aufgenommene Wärme abstrahlte. Was brauchte ein Wolfsgestaltwandler mehr?

Eigentlich nichts. Nur Freiraum. Stille. Beschaulichkeit. Was manchmal schwierig zu finden war, doch Andie schien immer davon umgeben zu sein.

Meine nette Lady, kam selig vom hündischen Teil seines Geists.

Freundin, stellte der verträumte menschliche Teil richtig.

Gefährtin, grummelte es aus den Tiefen seiner Seele.

In Augenblicken wie diesen, wenn das Leben so vollkommen zu sein schien, sparte er sich die Mühe, dazwischen zu unterscheiden. Sie gehörte zu ihm, er zu ihr. So einfach konnte es sein.

Das war das Gute daran, so lange als Wolf zu leben. Auf diese Weise blieb alles erheblich unkomplizierter.

Er schnippte mit einem Ohr, während er ihrer gleichmäßigen Atmung und dem Rascheln ihrer Kleidung lauschte. Die Außenschicht, die sie trug, fand er merkwürdig. Die Jacke mit dem schmalen Pelzkragen roch nach Kuh, dennoch schien es sie nicht im Geringsten zu stören, sich in den Geruch zu hüllen.

Nicht Kuh. Leder, tönte aus einem entfernten Winkel seines Geists.

Er rümpfte die Nase und konzentrierte sich auf Andies Duft. Süß und besonders wie von der Blüte einer Kaktusfeige. Ein Geruch, wie man ihn nur selten aufschnappte, wenn sich die Blüten nach langer Abwesenheit wieder öffneten.

Ein bisschen wie Andie. Stets so verschlossen, dass sie nur gelegentlich flüchtige Eindrücke von ihrer inneren Schönheit durchschimmern ließ. Natürlich betörte einen Teil von ihm auch ihre äußere Schönheit. Ihre zart gekrümmten Brauen. Die perfekte Linie ihrer Lippen. Die glatten, hohen Wangen. Ihre athletischen Kurven. Am besten von allem fand er, wie diese grün-braunen Augen leuchtend die Sterne ansahen... und ihn.

Er atmete tief ein, nahm die Idylle der Nacht in sich auf. Nicht mal das Licht, das sie im Haus angelassen hatte, störte ihn. Er empfand es als so sanft wie ihre Stimme. Und in Wirklichkeit gefiel ihm einiges an ihrem Zuhause. Zum Beispiel, wie abgeschieden es lag, ohne zig andere Häuser, Fahrzeuge oder lärmende Maschinen. Oder die verlockenden Düfte aus der Küche, das Quietschen der Insektenschutztür, das ihr Kommen und Gehen anzeigte... Alles in allem ein Ort, an den er sich gewöhnen könnte.

So sehr, dass sich etwas in ihm nach dem Zuhause sehnte, das er selbst einst gekannt hatte. Ein gemütlicher Ort, an dem es bei Bedarf jederzeit Essen und Wasser gegeben hatte. Decken im Winter, Schatten im Sommer, alles an einem Platz, ohne dass man umherziehen, um etwas kämpfen oder etwas verteidigen musste. Ein Ort, an dem man nicht ständig auf der Hut sein musste.

Dann schüttelte er sich. Näher würde er sich nie wieder gestatten, einem Zuhause oder einem Menschen zu kommen. Weder brauchte er etwas aus der menschlichen Welt, noch wollte er etwas daraus.

Aber diese Frau...

Sie war so anders. So besonders. Er konnte sich so mühelos vorstellen, wie sie als Wölfin die Weiten der Wüste mit ihm genießen würde.

„Hast du einen guten Tag gehabt?", fragte sie.

Die meisten Menschen blafften, brüllten oder quiekten. Andie hingegen hatte eine auffallend sanfte Art zu sprechen. Beinah wie ein leise gesungenes Wiegenlied.

Ein Wiegenlied… Eine ferne Erinnerung schoss ihm zusammen mit einer Frauenstimme durch den Kopf. So unverhofft, wie sie aufgetaucht war, verschwand sie wieder, doch ein warmes Gefühl blieb zurück.

Weil er Andie erfreuen wollte, hob er den Kopf. Ob er einen guten Tag gehabt hatte?

Er dachte darüber nach, dann runzelte er die Stirn. Wolfserinnerungen glichen nicht jenen von Menschen, die sich wie ein Fluss vom Anfang bis zum Ende erstreckten. Eher Wolken, die in einer Brise bald hierhin, bald dorthin trieben und sich mehr nach Kategorien als nach Raum oder Zeit zusammenfanden. Erinnerungen an Schmerz. Erinnerungen an Zorn. An Dinge, die gut oder die schlecht geschmeckt hatten. An dunkle Orte und helle Orte. Heiß. Kalt.

Deshalb ließ sich die Frage schwer beantworten. Selbst bei genauer Überlegung stieß er auf kleine Lücken, in denen die Zeit keine Spuren hinterlassen hatte. Völlig normal für einen Wolf, der sich auf die Gegenwart statt auf die Zukunft oder die Vergangenheit konzentrierte und sich nicht jede Minute des Tags mit Gedanken quälte.

Eine Weile versuchte er angestrengt, sich zu erinnern, dann klopfte er mehrmals mit dem Schwanz auf den Boden. Zumindest nun war es auf jeden Fall ein guter Tag, oder?

Als Andie leise lachte, klopfte er fester, und Wärme breitete sich in seiner Seele aus.

„Soll ich dir das Beste an meinem Tag verraten?", fragte sie.

Mit angehaltenem Atem wartete er.

„Das hier", flüsterte sie.

Er wedelte mit dem Schwanz. *Gilt für mich auch.*

Sie verkörperte den Höhepunkt seines Tags – jedes Tags. Oder zumindest dann, wenn sie da war. An manchen Abenden kam sie erst sehr spät zurück oder nachdem er bereits hatte weiterziehen müssen.

Dazu zwang er sich nämlich – in Bewegung zu bleiben. Je länger er an einem Ort verweilte, desto schwerer wurde es, ihn

zu verlassen – und desto wahrscheinlicher würde er Gestaltwandlern über den Weg laufen, die er lieber meiden wollte.

Er nahm ein entferntes Rumpeln in der Erde wahr und
zuckte mit einem Ohr. Gleich darauf sprang er auf die Beine
und schaute aufmerksam zur Straße.

Andie hopste von ihrem Feldbrocken herab. „Was ist?"

In der Ferne tauchte ein Fahrzeug auf, das eine Staubwolke
aufwirbelte. Schmerzhaft grelle, rot-blaue Lichter blitzten auf
dem Dach und ließen ihn die Augen zu Schlitzen verengen.

Andie stieß an seiner Seite einen Fluch aus. „Mist. Auf der
Ranch ist irgendwas passiert."

Roy zuckte zusammen, als das Fahrzeug über eine Boden-
welle holperte, dann erstarrte er, als ihm ein angenehmes Kribbeln durch die Seite fuhr. Er schaute auf. Moment. Hatte Andie
ihm gerade zart den Rücken gestreichelt und zu ihm gemeint,
es würde alles gut werden?

Wochenlang hatte er sich nach ihrer Berührung gesehnt.
Und wow: Sie fühlte sich genauso schön an, wie er es sich er-
träumt hatte. Richtig schön, wie plätscherndes kühles Wasser
aus einem schattigen Bach an einem sengend heißen Tag.

Schade nur, dass es ausgerechnet in einem Augenblick ge-
schah, indem seine Instinkte ihm rieten, die Flucht zu ergreifen.
Mit zur Straße gerichtetem Blick wich er einen weiteren unsi-
cheren Schritt zurück.

„Nur ein Streifenwagen", stellte Andie fest. Ihre Stimme
klang angespannt.

Gemeinsam beobachteten sie, wie das Fahrzeug auf die eine
halbe Meile entfernte Mitte der Lazy Q Ranch zusteuerte.

Roy lief rastlos auf und ab, hin- und hergerissen zwischen
dem Wunsch, an Andies Seite zu bleiben, und dem Drang, vor
den grellen Lichtern zu fliehen. Nur ein Wagen? So, wie das
Auto mit seinem Schillern die Nacht besudelte, fühlte es sich
wie „nur" ein aufgescheuchter Bienenstock an.

„Verdammt." Andie setzte sich in Richtung ihrer Einfahrt
in Bewegung, bevor sie sich mit einer Erklärung umdrehte. „Ich
gehe besser nachsehen, was los ist."

Er starrte sie an. Gehen? Sie wollte absichtlich in dieses
Chaos statt davon weg?

Ich will nicht, dass du gehst, hätte er liebend gern gesagt. *Am besten niemals.*

Aber so war es nun mal im Leben. Man bekam nicht immer, was man wollte.

„Es wird alles gut", versicherte sie ihm. „Wir sehen uns bald wieder, in Ordnung?"

Nein, es war nicht in Ordnung. Weil Roy nämlich wusste, wie unberechenbar gefährlich Menschen sein konnten.

Als sich Andie einen weiteren Schritt entfernte, wirkte sie genauso zerrissen, wie er sich fühlte. „Pass auf dich auf, ja?"

Beinah hätte er geschnaubt. In der Wüste war es sicher. Zumindest galten in ihr nur die Gesetze der Natur. Verkorkst war vielmehr die Welt der Menschen.

Er stimmte ein leises Winseln an. *Du bist diejenige, die auf sich aufpassen muss. Bitte.*

Die Fliegengittertür quietschte, als Andie sie öffnete. Auf halbem Weg hinein hielt sie inne, als wollte sie nicht wirklich gehen.

Dann tu es nicht, hätte Roy am liebsten gebellt. *Bleib bei mir. Komm mit in die Wüste zu einem ruhigeren, einfacheren Leben.*

Und auf einmal gingen mit ihm ein Dutzend Fantasien darüber durch, wie wundervoll sie es zusammen haben könnten. Anfangs nahm er nicht mal die Stimme in einem Winkel seines Verstands wahr, die sagte: *Das geht nicht. Sie ist keine Gestaltwandlerin.*

Als er die verwirrende Benommenheit wegblinzelte, trat Andie bereits ins Haus.

„Pass auf dich auf, Buck. Wir sehen uns bald wieder."

Wirklich? Woher wusste sie das?

Wenige Augenblicke später schlug ihre Haustür zu, gefolgt vom Brummen ihres zum Leben erwachenden Pick-ups. Beim nächsten besorgten Schlag seines Herzens hatte Andie bereits aus der Einfahrt zurückgesetzt und bretterte die Schotterpiste entlang davon.

Kapitel 4

Andie spähte in den Rückspiegel. Buck zu verlassen, fiel ihr immer schwer, doch es schien jedes Mal härter zu werden. Fast so, als würde ihr ein kleines Stück ihrer Seele entrissen, das bei ihm zurückblieb.

Dennoch ließ sich die Dringlichkeit nicht ignorieren, die der Streifenwagen vermittelte. Also startete sie den Pick-up und raste die Straße hinunter. Eine halbe Meile später bog sie durch das Tor der Lazy Q Ranch und kam unter dem Scheinwerferlicht der Scheune zum Stehen. Als sie ausstieg, begrüßten sie die Beamten Hanson und Arivera mit einem Nicken. Letzterer löste sich von einer Menschentraube und kam auf Andie zu.

„Hale. Schade, dass der Anruf nicht schon vor zwei Stunden eingegangen ist." Trotz der im Hintergrund bellenden Hunde sprach er mit leiser Stimme. „Dann hättest du das Vergnügen gehabt, eine Meldung vom reizenden Mr. Brady entgegenzunehmen – und von deiner neugierigen Nachbarin Ms. Witt." Er schmunzelte über Andies Reaktion. „Überrascht, dass sie dir bei einem möglichen Gerücht zuvorgekommen ist?"

Andie seufzte. Das sah Yvette in der Tat ähnlich.

„Was ist passiert?"

Arivera verzog das Gesicht zu einer Grimasse. „Komm mit und sieh selbst."

Als Andie auf die Koppel zuging, hörte ein Mann mit hochrotem Gesicht zu toben auf und sah sie finster an. „Sie."

Andie nickte ihm nüchtern zu. „Mr. Brady."

Er schnaubte. „Bringt ja viel, eine Polizistin in der Nachbarschaft zu haben. Wo zum Teufel haben Sie gesteckt?"

Hanson hielt das Tablet hoch, auf dem er getippt hatte. „Bleiben wir auf den Bericht konzentriert, Sir. Sie sind also gegen neun auf die Ranch zurückgekehrt?"

Brady wirbelte herum wie ein wütender Stier. „Was ist los mit Ihnen? Sind Sie taub? Ja, ich bin gegen neun zurückgekommen und habe das da gesehen."

Andie folgte seiner Geste zur Koppel, die ein Dutzend Jungochsen beherbergte. Die Letzten einer Herde von Hunderten. Der Großteil war bereits zusammen mit etlichen anderen Vermögenswerten verkauft worden. Einer der Ochsen lehnte am Zaun, die Augen weit aufgerissen. Seine Flanken hoben und senkten sich heftig.

„Ruhig, ganz ruhig." Einer der Rancharbeiter näherte sich dem Tier langsam.

Als er sich weiterbewegte, konnte Andie die blutverschmierte Seite des Ochsen besser erkennen. Unwillkürlich schnappte sie leise nach Luft und schaute die anderen genauer an.

„Das ist unser bester Ochse der Saison, und jetzt ist er halb aufgeschlitzt", wütete Brady.

Obwohl er sich erst seit einigen Monaten auf der Ranch aufhielt, kannte Andie seine aufbrausende Art bereits hinlänglich. Allerdings übertrieb er diesmal ausnahmsweise nicht. Zwei lange, parallel verlaufende Male zogen sich über die Seite des Tiers.

„Ist die Tierarztpraxis schon verständigt?", fragte Andie.

Arivera nickte, doch bei Brady löste die Frage eine weitere Tirade aus. „Tierarzt? Was soll der noch bringen?"

„Sie", merkte Hansen leise an. „Dr. Lucas ist eine Sie."

Brady wurde eine zusätzliche Schattierung röter. „Noch schlimmer. Wie auch immer, der Ochse ist so gut wie tot."

„Eigentlich sieht es schlimmer aus, als es ist", meldete sich der Rancharbeiter zu Wort, bevor er nach einem vernichtenden Blick von Brady rasch wieder verstummte.

Andie musterte Brady. Wollte er das arme Tier wirklich sterben lassen? Es sah ganz danach aus.

Und Mann, was hatten sich die Zeiten geändert. Jahrzehntelang war die Lazy Q Ranch von Menschen bewirtschaftet worden, die seit fünf Generationen auf dem Land gelebt hatten. Aber die Besitzer waren unlängst verstorben, und die Erben machten keinen Hehl daraus, dass sie das Grundstück zu

Geld machen wollten. Brady hatten sie mit der Vorgabe eingestellt, den Gewinn zu maximieren, unter anderem, indem er das Land zerstückelte. Ein einzelner Ochse kümmerte ihn nicht weiter – es sei denn, er könnte dafür einen profitablen Versicherungsanspruch herausschlagen.

„Jetzt sagen Sie mir, wer oder was in Dreiteufelsnamen hat das mit meinem Ochsen gemacht?", verlangte Brady zu erfahren.

„Skinwalker", zischte Yvette mit leiser, gruseliger Stimme.

Andie verdrehte die Augen. Yvette neigte stark dazu, sich von Verschwörungstheorien und übernatürlichen Vorkommnissen mitreißen zu lassen. Wenn die Künstlerin nicht über ihre Töpferscheibe gebeugt saß oder Leinwände bemalte, um sie in der Stadt zu verkaufen, recherchierte sie paranormale Phänomene oder kommunizierte mit Geistern. Behauptete sie zumindest. Ihre Kleidung sah aus, als gehörte sie in den Schrank des Dalai Lama. Dicke blonde Rastalocken wippten um ihren Kopf, während sie sprach.

„Ich sage euch, es war ein Skinwalker. Das ist die einzige Erklärung."

„Von wegen einzige Erklärung", blaffte Brady. „Wahrscheinlich bloß wieder Teenager aus der Stadt, die sich unbefugt hier herumtreiben. Und Gerüchte werden auch wieder kursieren. Als hätte ich sonst nichts, womit ich mich herumschlagen muss."

Andie schaute zur Seite der Scheune. Trotz einer kürzlich durchgeführten, gründlichen Reinigung erkannte man noch schwach die Umrisse von Graffiti.

Vorsicht. Skinwalker-Gebiet. Betreten auf eigene Gefahr.

Andie verbarg ein Grinsen. Die Graffiti hatte Brady zuletzt angezeigt, einen Tag, bevor die erste Welle potenzieller Käufer zur Besichtigung des Grundstücks angerollt war. Brady war es gelungen, die Worte mit einem Stapel Heuballen zu verbergen, bevor die Leute eingetroffen waren, allerdings erst, nachdem ein Lokalreporter mehrere Schnappschüsse davon aufgenommen hatte. Seither überschlugen sich die sozialen Medien mit Geschichten über einen im Yavapai County sein Unwesen treibenden Skinwalker.

„Verdammte Punks", fluchte Brady.

Andie wechselte einen Blick mit Arivera. Umweltbewusste Schüler der örtlichen Highschool hatten eine Petition zur Rettung der Lazy Q Ranch gestartet. Aber für sie wäre es ein verdammt weiter Weg aus der Stadt, zudem fiel es Andie schwer zu glauben, dass sie so weit gehen würden, ein Rind zu verletzen.

„Oha, sachte." Der Cowboy hopste zurück, als der verletzte Ochse die Hörner schwang.

„Es war ein Skinwalker, ganz sicher. Ich habe ihn nachts draußen gesehen", beharrte Yvette.

Andie seufzte leise. Die Geschichten über einen bösen Schamanen, der das Fell eines wilden Tiers überstreifen konnte, um nachts Verwüstung anzurichten, waren bloß Ammenmärchen. Wenn man bereit war, nach einer rationalen Erklärung zu suchen, dann fand man auch eine.

Yvette machte einen Buckel und krümmte die Finger. „Es muss ein Skinwalker sein. Nichts anderes hat solche Klauen."

Die Pose erinnerte Andie an etwas aus der Dienstbesprechung an diesem Morgen, und sie stellte in Gedanken die Verbindung her.

Klauen. Riesige Hühner, hatte Chavez gescherzt.

„Eigentlich gibt es schon etwas mit solchen Klauen", merkte Andie an. „Einen Kasuar."

Wenn Blicke töten könnten, wäre Andie in dem Moment im Grab gelandet, und Brady hätte dafür im Todestrakt geendet.

„Kasu-was?", dröhnte er. „Was zum Henker soll das sein?"

Hansen nickte zu der Idee. „Du hast recht."

„Wie in Dreiteufelsnamen kann sie recht haben? Und wovon redet sie überhaupt?"

Andie überlegte, ob sie ungestraft damit davonkommen würde, Brady einen Arsch zu nennen. Immerhin war sie außer Dienst. Dennoch hielt sie es für besser, darauf zu verzichten.

„Ein Kasuar ist ein großer, flugunfähiger australischer Vogel." Sie hielt eine Hand auf Augenhöhe, um die Größe anzuzeigen. „Wie ein Strauß, aber mit echt scharfen Krallen. Anscheinend können sie ziemlich aggressiv sein."

Yvette nickte ernst. „Hat nicht vor einiger Zeit einer einen Mann in Florida umgebracht?"

Andie verkniff sich ein Seufzen. Es sah Yvette ähnlich, solche Dinge zu wissen.

„Florida? Australien?" Brady schüttelte den Kopf. „Was zum Kuckuck soll das mit meiner Ranch zu tun haben?"

Es ist nicht deine Ranch, hätte Andie gern eingeworfen.

„Ein Mann im Westen der Stadt hat illegal exotische Tiere gehalten, und eines davon ist entwischt", erklärte sie. „Wir hätten es vielleicht nie erfahren, wenn die Nachbarn es nicht gemeldet hätten."

„Na typisch", brummelte Brady. „Wisst ihr Cops überhaupt irgendwas?"

Bei der Äußerung versteifte sogar der sonst so ruhige, besonnene Hansen den Körper. „Wir wissen eine Menge, Mr. Brady. Zum Beispiel kennen wir uns mit dem Bauplanungsrecht aus. Mit Wasserrechten. Mit öffentlichen Wegerechten..."

In den Worten schwang eine kaum verhohlene Drohung mit, und Brady wusste es. Der örtlichen Polizei fehlten normalerweise die Zeit und das Personal, um einzelne Baugenehmigungen detailliert unter die Lupe zu nehmen, aber wer wusste schon, welche Verstöße sie entdecken würde, wenn sie es sich in den Kopf setzte?

Genau das schwang in Hansens unausgesprochener Warnung mit. *Denken Sie lieber nach, Mr. Brady. Was würden wir wohl finden, wenn wir nachsehen? Und wie lange würde es Ihr Projekt hinauszögern?*

Arivera bedachte Andie mit einem Grinsen, das besagte: *Mein Partner ist ein verdammtes Genie.*

Tatsächlich hatte Andie dieselbe Idee bereits vor Wochen gehabt. Bisher jedoch hatte sie der Versuchung widerstanden, sich darauf einzulassen.

Aber nur bis hierher, murmelte eine Stimme in einem Winkel ihres Verstands.

Ihr Blick wanderte zu den felsigen Erhebungen, ihre Gedanken kehrten abrupt zu Buck zurück. Wenn Brady seine Pläne durchbrächte, würde das gesamte Tal überrannt werden, und Buck würde vertrieben – oder schlimmer noch, erschossen.

Da man von ihr als Polizistin erwartete, Gemeindebelange den Politikern zu überlassen, hielt sie widerwillig die Füße still und schwieg. Wer den Mund aufmachte, riskierte, woandershin versetzt zu werden – oder Schlimmeres.

Andie ließ erneut die Umgebung auf sich wirken. Jenseits der Ranch schlummerte die Wüste mit all ihren Vögeln, Tieren, Insekten und Blumen. Lohnte es sich, dafür den Job aufs Spiel zu setzen?

Ihr Herz pochte wild. Ja, und ob. Für all das und vor allem für Buck.

Dennoch würde sie erheblich lieber einen anderen Weg finden, ein überbordendes Bauprojekt zu verhindern – ohne dabei ihren Job zu gefährden.

„Kaspar, hm?“, murmelte Brady.

„Kasuar“, stellte Arivera richtig.

Yvette schüttelte den Kopf. „Ich sage es euch, es war ein Skinwalker.“

Um ein Haar hätte Andie das Gesicht in den Händen vergraben. Wie hartnäckig sich manche Menschen an unplausible Erklärungen klammern konnten, verblüffte sie immer wieder aufs Neue.

„Na schön.“ Brady schnippte mit den Fingern in die Richtung eines Rancharbeiters. „Trommle zusammen, was wir an Männern und Waffen auf der Ranch haben. Bei Tagesanbruch brechen wir auf und jagen den Vogel.“

Andie starrte ihn an. Der Mann hatte eindeutig zu viele Western gesehen. Und oha. Das Letzte, was Buck brauchte, war ein Trupp schießwütiger, blindlings durch die Gegend ballernder Idioten.

„Äh...“, begann sie, bevor Brady ihr ins Wort fiel.

„Das hier ist Privatbesitz. Wir haben jedes Recht, es gegen gefährliche Tiere zu verteidigen.“ Er wandte sich an Hansen. „Richtig, Officer?“

Andie siedete innerlich. Sie war ebenfalls Polizistin, was Brady haargenau wusste.

„Merkt euch meine Worte. Es ist ein Skinwalker“, warnte Yvette. „Und er wird zurückkommen.“

Brady schnaubte nur abfällig, die Rancharbeiter hingegen sahen sich um und wurden ein wenig blass.

Yvette drehte sich der Wüste zu und betonte mit schauriger Stimme: „Ich garantiere euch, er kommt wieder."

Kapitel 5

Roy harrte lange auf dem Höhenzug aus und beobachtete den Bereich der Ranch, zu dem Andie gefahren war. Dann schnupperte er und machte sich dazu auf, die Gegend selbst zu überprüfen. Stimmte wirklich etwas nicht, oder handelte es sich nur um einen weiteren Fall, in dem Menschen viel Lärm um nichts veranstalteten?

Langsam schlich er näher und achtete dabei auf jeden Quadratzentimeter des Geländes. Aber da er keinerlei Anzeichen von Ärger entdeckte, abgesehen von menschlich verursachtem, trabte er wieder davon, weg von den grellen Lichtern. Er flüchtete praktisch, getrieben von seiner wilden Seite, die ihn dazu drängte, sich von der Welt der Menschen möglichst weit fernzuhalten.

Auf dem Weg in höhere Gefilde trottete er einen langen, hügeligen Kamm hinauf. Wieder vorbei an Andies Haus und weiter, weiter. Seine Gedanken verlangsamten sich, sein Verstand kehrte zur angenehmen Unschärfe eines Wolfs zurück. Instinkte trieben ihn weiter, und er nahm nur noch die Erde unter seinen Pfoten und die Gerüche und Geräusche der Umgebung wahr.

Schließlich erreichte er eine hohe Mesa und hielt an, um sich zu orientieren. Am äußersten Rand des Tafelbergs blickte er über einen weitläufigen Landstrich hinab. Über den nördlichen Horizont zeichnete eine Reihe dunkler Berge ein Sägezahnmuster. Im Osten lag der Highway, ein Band aus Lichtern der nach Norden oder Süden rollenden Fahrzeuge. Aus dieser Entfernung hörte er sie nicht, befand er sich in Sicherheit vor der Gefahr, die sie verhießen. Unten erstreckte sich struppiges Weideland, gesprenkelt von den Lichtern einer winzigen

Gemeinde.

Während er langsam und tief atmete, betrachtete er den Ort nachdenklich. Die Twin Moon Ranch.

Die er vor langer, langer Zeit verlassen hatte. Vor so langer, dass er inzwischen fast den Grund vergessen hatte.

Zumindest versuchte er es.

Sein Schweif stand aufrecht, während er das großflächige Areal begutachtete. War das wirklich sein Zuhause gewesen?

Nie wirklich ein Zuhause, warf ein verbitterter Teil seines Verstands ein. *Ich habe nie richtig dazugehört.*

Aber das zog sich durch sein gesamtes Leben, nicht wahr? Die ständige Sehnsucht nach einem Ort, an den er passte.

Das häufige Umziehen als Kind, weil seine Mutter vor einer miesen Beziehung nach der anderen die Flucht ergriffen hatte, war hart für ihn gewesen. An jedem neuen Ort hatte es Raufereien, Beleidigungen und Gelächter der fiesen, bis ins Mark schmerzenden Art gegeben. Erst auf der Twin Moon Ranch hatte sich die Lage allmählich gebessert – bis das Schicksal noch grausamer als zuvor zugeschlagen hatte.

Roy spähte über den Rand der Klippe zu den zerklüfteten Felsen unter ihm hinab. An einer ähnlichen, allerdings nicht ganz so hohen Stelle war Raymond in den Tod gestürzt.

Ein saurer Geschmack breitete sich in seinem Mund aus. Alles wäre – für Raymond und ihn – so anders gekommen, wenn er in jener Nacht auf seinen jüngeren Bruder aufgepasst hätte.

Niemand hatte je verstanden, was genau passiert war, und der strenge Alpha der Ranch hatte kein Interesse daran gezeigt, der Sache auf den Grund zu gehen. Nicht für einen Jugendlichen, der ohnehin ständig in Schwierigkeiten geriet. Die menschlichen Behörden hatten es ähnlich gehalten, es als tragischen Unfall abgestempelt und die Akte geschlossen.

Ich hätte da sein, ihn im Auge behalten müssen. Der vertraute Refrain suchte ihn immer noch heim. Gott wusste, dass seine Mutter nicht in der Lage gewesen war, auf den einen oder anderen ihrer Söhne aufzupassen.

Roy scharrte mit den Füßen in der Erde und kappte die Erinnerungen an der Stelle. Es spielte keine Rolle, warum er sich von der Ranch verabschiedet hatte. Die Frage lautete eher, was ihn nun dorthin zurückzog.

Schicksal, flüsterte eine tiefe, ferne Stimme in seinem Geist.

Lang und tief knurrte er in die Nacht. Das Schicksal war eine Kraft, die es zu meiden galt. In gewisser Weise ähnlich der menschlichen Welt – man blieb besser unter dem Radar und unbemerkt. So konnten einem weder die Welt der Menschen noch das Schicksal das Leben, das Herz oder die Seele verwüsten.

Und doch ertappte sich Roy dabei, den Kopf nach vorn zu recken und angestrengt auf einen Ruf zu lauschen. Aber es blieb still – zumindest konnte er nichts hören. Trotzdem verspürte er weiterhin eine ungewisse Anziehung. Ähnlich wie jene, die ihn immer wieder zu Andie gehen ließ.

Aber warum? Und warum hier? Warum jetzt?

Wieder scharrte er unbehaglich über die Erde. Meistens verhieß eine Einmischung des Schicksals nur Ärger. Aber was, wenn es ihm ausnahmsweise etwas Gutes bescheren würde?

Wie Andie, sprudelte sein Wolf hervor.

Ja, wie Andie. Aber was zog ihn zurück zur Twin Moon Ranch?

Freunde. Gemeinschaft. Und vor allem Hilfe bei Gefahr, flüsterte ein leises Stimmchen in seinem Kopf.

Roy knurrte bei sich. Gefahr... bezog sich das darauf, was auf der Lazy Q Ranch vor sich ging, oder auf etwas anderes?

Schließlich kehrte er der Twin Moon Ranch den Rücken zu und trabte den Weg zurück, den er gekommen war. Zu Andies Haus.

Ja, dorthin. Zu einem menschlichen Zuhause.

Wäre er vernünftig, würde er stattdessen in die Berge laufen und nie wieder zurückkehren. Nicht zur Twin Moon Ranch, nicht zur Lazy Q Ranch, nicht mal zu Andie. Er brauchte weder aus der Welt der Gestaltwandler noch aus jener der Menschen etwas.

Nur weigerte sich sein Herz ebenso, Andie aufzugeben, wie sich seine Füße weigerten, ihn irgendwo anders hinzutragen als zurück zu ihr. Während er rannte, beschleunigte sich sein Herzschlag, und sein Schwanz wedelte. Was Roy verrückt fand, denn

Andie war ein Mensch, und Menschen kannten weder Treue noch wahre Liebe.

Dennoch setzte er einen Fuß vor den anderen, als würde er von einem Magneten angezogen. So brachte er mehrere Meilen hinter sich, die ihm genug Zeit ließen, zur Vernunft zu kommen und zu wenden. Was er nicht tat. Er konnte es nicht. Stattdessen trottete er den gesamten Weg zurück zu dem Felsbrocken hinter Andies Haus. Die letzten Schritte rannte er sogar, als könnte etwas Schreckliches passieren, wenn er nicht rechtzeitig zur Stelle wäre, um sie zu beschützen.

Zum Glück lag das Haus so friedlich wie immer da, die Lichter für die Nacht ausgeschaltet. Der Mondschein spiegelte sich in der Stoßstange von Andies Pick-up. Grillen zirpten ringsum. Roy schloss die Augen, schnupperte und lauschte lang genug, um sich davon zu überzeugen, dass sich Andie im Haus befand und im Schlaf ruhig atmete.

Also puh. Es war alles in Ordnung.

Alles außer ihm. Offensichtlich stimmte etwas mit seinem Kopf nicht. Was um alles in der Welt zog ihn wieder und wieder zu dieser Menschenfrau hin?

Schicksal. Das Wort hallte in seinem Geist wider.

Roy erstarrte, als ihn letztlich eine Erkenntnis ereilte. *Gefährtin... Schicksal... Bestimmung...*

Nur eine Kraft konnte in ihm solche Empfindungen für Andie auslösen. Schicksal. Aber verflucht. Man konnte nicht einer Laune des Schicksals nachgeben, ohne auch vor den anderen zu kapitulieren. Und dann?

Sein Wolf stimmte ein leises Winseln an. *Ich will meine Gefährtin. Brauche sie.*

Roy spürte die Wahrheit der Worte tief in den Knochen. Aber verdammt. Was bedeutete das für ihn?

Der Ruf einer Eule ließ sein Ohr zucken.

Hu-hu, wer bist du? schien sie zu fragen.

Buck, hätte er gern geantwortet, denn der wollte er sein. Die mit Andie verbundene Seele.

Allerdings tauchten ungebeten düstere Erinnerungen auf und hielten ihm vor Augen, wer er gewesen war. Roy.

Er schüttelte sich kräftig, bevor er den Bauch auf den Boden senkte. Genug gegrübelt. Es war an der Zeit, sich auszuruhen.

Gute Nacht, Buck, stellte er sich vor, von Andie zu hören wie schon so oft.

Gute Nacht, ertönte eine menschliche Stimme in seinem Kopf.

Seine Stimme, wodurch er sich seinem einstigen Leben so nah fühlte wie schon lange nicht mehr. Ein Leben, das er größtenteils in menschlicher Gestalt verbracht hatte, mit allen damit verbundenen Annehmlichkeiten – beispielsweise Armen, um seine wahre Liebe festzuhalten. Lippen, um zu erklären, wer er war und warum er sich in der Gegend herumtrieb. Oder besser noch, um sie damit zu küssen und auf diese Weise seine Empfindungen zu vermitteln.

Seufzend senkte er die Schnauze auf den Boden. Fantasien stellten einen weiteren Bestandteil der menschlichen Welt dar, den er bisher nicht vermisst hatte.

Gute Nacht, Liebste.

Er stellte sich vor, es aus solcher Nähe zu sagen, dass Andie ihn hören... ihn sehen... ihn vielleicht sogar berühren könnte – in menschlicher Gestalt, nicht als Wolf.

Gute Nacht, flüsterte sie in seiner Fantasie zurück. *Gute Nacht, mein Gefährte.*

Kapitel 6

Andie rührte sich im Bett, dann streckte sie sich und sah sich um. Die ersten Sonnenstrahlen kämpften sich schräg einfallend über die östlichen Hügel durch die frostige Winterluft. Im Bett jedoch hatte es Andie kuschlig warm.

Da sie auf der rechten Seite und dem großen Fenster zugewandt lag, hatte sie das Gefühl, sich draußen aufzuhalten. Den linken Arm hatte sie auf die leere Bettseite ausgestreckt, und einen Moment lang stellte sie sich dort einen Mann vor.

Schnell verdrängte sie den Gedanken wieder. Abgesehen von den Kollegen bei der Arbeit kam in letzter Zeit ein wilder Wolf männlicher Gesellschaft noch am nächsten.

Seufzend schob sie die deprimierende Erkenntnis von sich. Warum einen so schönen Morgen mit derart trübsinnigen Gedanken verderben?

Stattdessen stand sie auf und zog sich eine Decke wie einen Umhang über die Schultern. Dann schlurfte sie in die Küche, wo sie über die Ereignisse des vergangenen Tags grübelte, während der Wasserkocher seine Arbeit verrichtete.

Ein entlaufener großer Vogel – äh, Kasuar.

Ärger auf der Lazy Q Ranch.

Buck, ihr wilder Wolfsfreund.

Nachdem sie Milch in ihren Kaffee gerührt hatte, trat sie mit dem Becher hinaus in den kalten Wintermorgen. Dampf stieg aus dem Gefäß auf und kräuselte sich durch die Wüstenluft.

„Guten Morgen", flüsterte sie über den Becherrand.

Von Buck fehlte jede Spur, was Andie schade fand, aber zumindest hatte sie die schier endlose Wüste, die sie begrüßen konnte. Und da er sich wohl irgendwo da draußen herumtrieb, erstreckte sich der Gruß auch auf ihn.

„Pass heute gut auf dich auf", flüsterte sie. „Und bemüh dich, heute Abend vorbeizuschauen."

Der Morgen verging wie im Flug, doch kaum brach sie zur Arbeit in der Stadt auf, zog sich die Zeit hin wie ein zäher Kaugummi.

Den ganzen Tag und noch lange, nachdem die Sonne bereits untergegangen war, schaute sie immer wieder sehnsüchtig zu den Hügeln. Es war Samstag. Nach ihrem Tagesjob würde jetzt folgen, was Chavez als ihren Nebenerwerb bezeichnete – Kellnern im *Lone Wolf,* dem *Einsamen Wolf,* einer Kneipe am Stadtrand.

„Ich mache es hauptsächlich, um Rita zu helfen", betonte sie, als Chavez sie auf dem Weg aus der Zentrale damit aufzog.

Sie hatte Rita, die über sechzig Jahre alte Besitzerin des *Lone Wolf,* vor ein paar Jahren kennengelernt, als sie wegen einer Keilerei zum Lokal gerufen worden war. Als Kyle und sie nach wilder Fahrt auf der andere Seite der Stadt eingetroffen waren, hatte Rita dank einer jahrzehntealten Schrotflinte und ihrer spitzen Zunge die Lage bereits unter Kontrolle gehabt.

Ist so ziemlich das einzige Nützliche, was mir mein Tunichtgut von einem Ehemann hinterlassen hat, als er abgehauen ist, hatte Rita gebrummt und über die Mündung der Schrotflinte gepustet wie über einen rauchenden Colt in einem klassischen Western.

Rita war also alles andere als leicht unterzukriegen. Aber als Andie mehr über ihr Leben erfahren hatte... Tja, da musste sie ihr einfach helfen. Was sie tat, indem sie ein paar Mal die Woche bei ihr kellnerte, vor allem am Wochenende, den Abenden mit dem meisten Betrieb und den streitlustigsten Gästen.

„Ja, klar", scherzte Chavez. „Du arbeitest dort nur, um Rita zu helfen... und nicht etwa, um einen Mann aufzugabeln."

Mittlerweile hatte sich Andie so sehr an seine Sprüche gewöhnt, dass sie ihr kaum noch ins Bewusstsein drangen. Lees Blick hingegen schon. Der Blick besagte: *Im Ernst, Andie. Du bist eine tolle Frau. Wann findest du endlich einen anständigen Mann?*

Wenn die Welt einen hervorbringt, hätte sie gern gekontert.

Es verhielt sich keineswegs so, dass sie alle Männer hasste – oder Frauen bevorzugte, wie Chavez immer wieder andeutete. Nur schien es den Mann ihrer Träume schlichtweg noch nicht zu geben. Hinzu kam, dass ein Jahrzehnt Polizeiarbeit allmählich seinen Tribut forderte. Nach genug Fällen von Mord, Vergewaltigung oder häuslicher Gewalt fing eine Frau unweigerlich an, einen Teil von sich zu verschließen.

Jedenfalls brachte das Kellnern ein bisschen zusätzliches Geld ein. Vielleicht würde es sogar reichen, um sich eines Tages ein eigenes Haus zu kaufen. Außerdem hatte sie Freitag- und Samstagabend ohnehin nichts Besseres zu tun – was streng genommen für jeden Abend galt.

Das hieß, bis Buck aufgetaucht war.

Seither empfand sie die Schichten im *Lone Wolf* eher als lästig. Darüber half das Geld hinweg. Und es fühlte sich gut an, Rita zu helfen. Dennoch freute sie sich jedes Mal, wenn sie endlich Feierabend hatte.

„Bis dann, Rita", rief Andie, nachdem sie alles aufgeräumt und geschlossen hatten. „Bis dann, Mick." Sie winkte dem Sohn der Barbesitzerin zu.

Wenige Minuten später fuhr sie aus der Stadt nach Hause. Im Radio dudelte ein schmachtender Cowboy, bevor Werbung für Gebrauchtwagen folgte. Andies Gedanken jedoch rasten bereits voraus. Würde Buck sie in dieser Nacht besuchen?

Ihr Herzschlag beschleunigte sich, als das Tal in Sicht geriet, doch als sie zu ihrer Abzweigung gelangte, galoppierte ein Pferd vorbei und warf wild den Kopf hin und her. Ein Ausreißer mit herrenlosen Zügeln. Abrupt trat Andie auf die Bremse und starrte hin. War das nicht Chico, Josés Pferd?

Gleich darauf kam ein aufgeregt winkender Mann angerannt, und Andies Augen wurden groß.

„José?"

Normalerweise verkörperte der Ziegenhirte den Inbegriff von Ruhe. Nun eilte er auf ihren Pick-up zu und ließ die Hände auf die Motorhaube niedersausen.

„Halt. Warte. Hilf mir!"

Sie stieß die Tür auf und stieg aus. Was stimmte nicht?

José packte sie am Arm und deutete entsetzt über den Höhenzug. Dabei brabbelte er in einer Mischung aus Englisch und Spanisch. „Da drüben... Ziegen... *Diablo*... Mindestens sechs...“

Sie runzelte die Stirn. „Sechs was?“

„Tot... In Stücke gerissen...“

Die Büsche in der Nähe raschelten, als sich etwas Großes durch sie hindurchbewegte. José wirbelte abrupt in die Richtung herum und wurde kalkweiß.

„Skinwalker...“

Andies Herz hatte bereits schneller geschlagen. Sprunghaft erhöhte sich ihr Puls erneut. Skinwalker?

Einen Moment später tauchte ein Hund aus dem Gebüsch auf, und sie stieß erleichtert den Atem aus. „Das ist nur Lucky. Komm her, Junge.“

Winselnd bewegte sich der große Hund zwei Schritte vorwärts und einen Schritt zurück. Er zitterte am ganzen Leib, obwohl er unverletzt zu sein schien, wie Andie feststellte, sobald sie ihn letztlich zu sich gelockt hatte.

„Braver Hund, Lucky. Braver Hund. Geht es dir gut?“

Er wirkte unversehrt, aber genauso erschüttert wie José. Der Ziegenhirte brachte nicht mehr als ein, zwei Worte auf einmal heraus, als sie ihn zur Beifahrerseite führte und ihm beim Einsteigen half. Dann öffnete sie die Heckklappe und bemühte sich, Lucky zum Hinaufspringen zu bewegen. Am Ende musste sie seine Vorderpfoten auf die Kante heben und den großen Hund mit einem kräftigen Schubs von hinten hinaufhieven. Dann schloss sie die Heckklappe, stieg auf der Fahrerseite wieder ein und überlegte. Sollte sie Josés Pferd verfolgen oder nach seiner Herde sehen? Oder Hilfe holen? Den Vorfall vielleicht sogar in der Zentrale melden?

Grübelnd schaute sie zu ihrem Handy am Armaturenbrett. José schüttelte den Kopf.

„Keine Polizei. Bitte.“

Andie brauchte einen Moment, bis sie den Grund dahinter erkannte. Viele Landarbeiter besaßen keine Papiere und mieden daher die Polizei wie der Teufel das Weihwasser. So schön sie es fand, dass José ihr vertraute, es schränkte die Möglichkeiten für Hilfe von außen drastisch ein.

„Sag es mir noch mal", versuchte sie es. „Was ist passiert?"

Die Geschichte aus José herauszubekommen, gestaltete sich schwieriger, als den sechzig Kilo schweren Hund in ihren Pick-up zu verfrachten. Trotzdem gelang es ihr, ihm ein zittriges Wort nach dem anderen zu entlocken. Ein paar seiner Ziegen waren ausgebüxt, und er hatte den halben Abend lang nach ihnen gesucht. Als er sie endlich fand...

„Skinwalker", flüsterte er, als könnte einer auf dem Rücksitz darauf lauern, über sie herzufallen.

Er fuhr mit einer so detaillierten Beschreibung fort, dass er Andie damit beinah überzeugte. Wie so viele Menschen in dieser Region des Westens glaubte José an alle möglichen Wesen, Flüche und Geister.

„Da drüben." Er zeigte ihr mit zittrigem Finger die Richtung.

Andie folgte mit dem Wagen einem kaum vorhandenen Trampelpfad, der sie zu Schneckentempo zwang.

„Da unten." Er deutete auf eine Senke zu ihrer Linken.

Andie hielt an und spähte hin. Aber die Scheinwerfer warfen so viele Schatten, dass sie dazwischen nichts erkennen konnte.

„Warte." José packte sie am Arm, als sie die Tür aufstieß. „Steig nicht aus! Er könnte noch da sein."

Andie schürzte die Lippen. Es fühlte sich nach dem falschen Zeitpunkt dafür an, ihm zu erklären, dass es keine Skinwalker gab.

„Nimm wenigstens eine Waffe mit." José deutete in der Annahme, sie hätte eine dabei, auf das Handschuhfach.

Tja, hatte sie nicht. Statistiken belegten, dass fast jeder fünfte Polizeibeamte durch die eigene Waffe oder die eines Partners ums Leben kam. Leider hatte auch ihren Vater ein solches Schicksal ereilt. Und da Andie keine Lust verspürte, die Statistik zu ergänzen, verzichtete sie darauf, in ihrer dienstfreien Zeit eine Schusswaffe in Reichweite zu haben.

„Mir passiert nichts", versicherte sie ihm, bevor sie sich mit einer Hochleistungstaschenlampe in der Hand hinaus in die Dunkelheit wagte. Neunundneunzig Prozent der Gefahren

Im Leben gingen von Menschen aus, und es trieb sich weit und breit niemand herum.

Langsam rückte Andie vor. Dabei schwenkte sie die Taschenlampe hin und her, erhellte einen Feigenkaktus... eine buschige Akazie... Tierspuren...

Im Pick-up winselte Lucky, und José flüsterte heiser. „Andie...“

Sie richtete den Lichtstrahl auf die Tierspuren. Etliche Abdrücke von Paarhufern. An der Stelle waren eindeutig Ziegen vorbeigekommen.

Schritt für Schritt folgte sie den Spuren in die Senke. Dann sprang sie auf einen Felsbrocken und schwenkte den Lichtstrahl in langsamen, gleichmäßigen Bögen.

Keine Ziegen. Keine Bewegung. Weit und breit nur Wüstenlandschaft. Doch dann erregte etwas ihre Aufmerksamkeit, und sie schwenkte den Lichtstrahl zurück. Abrupt hielt sie inne und starrte auf ein Bein.

Ein einzelnes Bein. Nicht weit davon entfernt lag der Rest des Kadavers.

Mit Taschenlampen konnte man nachts kaum Farben erkennen, doch bei den dunklen Flecken am Boden konnte es sich nur um Blut handeln. Eine Menge Blut.

Eine Lache ging in die nächste über, als Andie mit dem Lichtstrahl die Umgebung absuchte. Ein weiterer Kadaver. Noch mehr Blut. Wieder ein lebloser Schemen. Und noch einer und noch einer. Sie lagen überall verstreut, als wäre mittendrin eine Granate explodiert.

Obwohl Andie in zehn Jahren Polizeidienst etlichen grausigen Anblicken ausgesetzt gewesen war, hob es ihr den Magen. Langsam rückte sie weiter vor und begutachtete die Wunden der nächsten Ziege.

Herrje. Lange, hässliche Schnitte. Keine Schussverletzungen, keine Bisse. José hatte nicht gescherzt, als er gemeint hatte, die Tiere wären *in Stücke gerissen* worden.

Trotzdem gab es mehrere mögliche Erklärungen. Zum Beispiel den riesigen Vogel, nach dem sie seit Tagen suchten. Kasuare galten doch als berüchtigt für ihre messerscharfen Krallen, oder?

Andererseits – wie wahrscheinlich war es, dass ein einziger Vogel so viele Ziegen getötet hatte?

Dann vielleicht ein Rudel Kojoten. Das erschien plausibler. Möglicherweise auch wilde Hunde... Berglöwen... oder sogar ein Wolf.

An der Stelle stockte Andie der Atem. Buck?

Sie schluckte und betrachtete eingehend die nächste Ziege. Für eine solche Gräueltat konnte Buck nicht verantwortlich sein, oder? Jagen, um sich zu ernähren, war in Ordnung. Aber nur für den Nervenkitzel zu töten...

Ihre Stimmung sank, während sie sich umsah. In Gedanken entsandte sie ein kleines Gebet.

Nein. Bitte nicht Buck.

Als sich ein Busch rührte, lief Andie ein eiskalter Schauder über den Rücken. Sie verharrte regungslos, die Taschenlampe in die Dunkelheit gerichtet.

„Andie...", rief José und klang dabei nervöser denn je zuvor.

Sie runzelte die Stirn. Was dachte sich der Mann dabei, ihr so einen Schrecken einzujagen?

Aber verdammt. Ein weiterer Busch raschelte, dann ein anderer in der Nähe, als würde etwas unsichtbar durch die Gegend schleichen.

Langsam bewegte sie sich rückwärts. Vielleicht sollte sie auf Tageslicht warten, um diesen abgelegenen, blutdurchtränkten Ort genauer in Augenschein zu nehmen.

Es war ein Skinwalker, ich sage es dir, hatte José beharrt. *Ich habe seine Augen gesehen. Zwei rote, starrende Augen in der Nacht.*

Abrupt riss Andie den Kopf herum, als ein weiterer Busch wackelte.

Als Chico davongaloppiert ist, dachte ich, es wäre vorbei mit mir...

Sie schwenkte die Taschenlampe. Immer noch nichts. Auch das fand sie beängstigend. Kein Vogel zwitscherte, kein Insekt zirpte.

Wolken schoben sich vor den Mond. Vom Pick-up ertönte Luckys Winseln. Eine Akazie kratzte über Andies Bein, während sie sich rückwärts durchs Gebüsch bewegte. Sie spähte über die Schulter. Wie weit noch zum Pick-up?

Dann knackte ein Zweig, und das Blut gefror ihr in den Adern.

Irgendetwas verfolgte sie. Schlich sich näher... und näher...

Andie ging mit gemessenen Schritten weiter und riss sich zusammen, um nicht in Panik zu verfallen und überstürzt zu fliehen. Dabei redete sie sich ein, dass dieses rote Aufblitzen lediglich ihrer Einbildung entsprang und nicht von einem Augenpaar mit mordlüsternem Blick stammte. Sie redete sich ein, es wäre alles in Ordnung, obwohl etwas tief in ihrer Seele murmelte: *Weit gefehlt.*

„Andie!", zischte José.

Ein Knurren ertönte aus dem Gebüsch. Es ging nicht von Lucky aus, dessen Krallen über die Ladefläche ihres Pick-ups klickten, auf der er rastlos auf und ab lief. Auch nicht von der sie verfolgenden Kreatur. Das langgezogene, tiefe Knurren kam von rechts.

Nervöser denn je spähte Andie in die Dunkelheit. Als sie darin die Umrisse eines Wolfs ausmachte, regte sich Hoffnung in ihr. Buck?

Die in der Luft liegende Spannung schwoll an, als ahnten sämtliche Wüstenbewohner, dass sich Ärger zusammenbraute und sie besser in Deckung gehen sollten. Leider konnte Andie nicht wie ein Hase die Beine in die Hand nehmen und sich in einem Erdloch in Sicherheit bringen.

Auf der anderen Seite der Senke schrammten Krallen über den trockenen Boden, und zwei rote Punkte flammten auf.

Lauf, ertönte eine Stimme in ihrem Kopf. *Los, schnell.*

Es mussten ihre einsetzenden Instinkte sein, doch aus irgendeinem Grund bildete sich Andie ein, der Ruf stammte von Buck. Was genauso verrückt wie die Vorstellung von einem Skinwalker war.

Es gibt keine Skinwalker, sagte sie sich.

Die rot glühenden Punkte wurden wie zum Hohn greller. *Bist du dir da sicher?*

„Andie!", rief José heiser und leise wie ein Kind, das ein Monster unter dem Bett meldete.

Grrr... Buck knurrte eine erbitterte Warnung an seinen Feind.

In dem Moment stieß Andie gegen ihren Pick-up und wirbelte herum.

„Steig ein! Los! Los!", flüsterte José aufgeregt.

Andie sprang in den Wagen, ließ den Motor an und legte den Rückwärtsgang ein. Büsche ächzten, und die Räder drehten durch, als sie zehnmal schneller als auf dem Weg hierher durch eine enge Kurve zurückraste.

Ihr Blick schnellte zum Heckfenster. Sie wusste nicht, womit sie rechnen sollte. Mit einem Skinwalker? Einem Wolf? Weder noch?

Doch bevor sie einen deutlichen Blick erhaschen konnte, überquerte der Pick-up die Kuppe, und sie konnte nichts mehr sehen. War das gut? Oder schlecht?

Andie wusste es nicht. Etwas jedoch stand fest. Sie war gerade nicht das einzige lebendige Wesen in jener Senke gewesen.

Kapitel 7

Roy fletschte die Zähne und knurrte in die Dunkelheit. Was in Dreiteufelsnamen war das gewesen? Er hatte nur flüchtig zwei glühende Augen und einen seltsamen, bitteren Geruch wahrgenommen, bevor die Kreatur in die Senke davongerannt war.

So sehr er in Versuchung geraten war, die Verfolgung aufzunehmen, wichtiger erschien ihm, sich zu vergewissern, dass Andie wohlbehalten zu Hause ankam. Danach war es zu spät dafür, dem Monster hinterherzuspüren, was immer es gewesen sein mochte.

Stattdessen stand er keuchend auf einer Anhöhe in der Nähe von Andies Haus und überlegte, was er tun sollte. Sie hatte den Ziegenhirten und den Hund bei der Ranch abgesetzt, bevor sie doppelt so schnell wie sonst heimwärts gerast war. Dort angekommen war sie ins Haus gehastet und hatte sämtliche Türen und Fenster verriegelt. Vernünftig, trotzdem trauerte ein Teil von ihm. Sie hatte doch nicht etwa Angst vor ihm, oder?

Mit nach wie vor gefletschten Zähnen lief er auf und ab. Er hatte den ganzen Abend geduldig auf Andie gewartet. Und da der Wind aus Norden geweht hatte, war ihm zu spät aufgefallen, dass etwas nicht stimmte. Er war kurz vor Andies Ankunft auf den grausigen Anblick in der Senke gestoßen und hatte vorgehabt, aufzuspüren, was auch immer die armen Tiere zerfleischt hatte. Leider war dann José mit seinem Hund aufgetaucht, also hatte Roy den Plan geändert und wollte zu Andies Haus, mehr denn je darauf bedacht, ihre Sicherheit zu gewährleisten. Nur hatte José in seiner Panik Andie abgefangen und sie direkt zum Ort des Geschehens geführt.

Roy knirschte mit den Zähnen. Der Mann war ein Trottel. Was, wenn Andie verletzt worden wäre?

Und verdammt: Nun befanden sich überall in der Senke Roys Wolfsspuren. Was, wenn man ihm die toten Ziegen in die Schuhe schöbe?

Er stimmte erneut ein leises Knurren an. Irgendetwas war im Gange. Etwas Übles. Was die unbekannte Kreatur im Schilde führte, wusste er nicht, aber mit Sicherheit nichts Gutes.

Dann ereilte ihn ein garstiger Gedanke, und er erstarrte. All diese Wolfsspuren...

Zähneknirschend durchforstete er sein Gedächtnis. All die Male, die er schon einen Filmriss gehabt hatte und meilenweit von seinem letzten Aufenthaltsort entfernt zu Sinnen gekommen war...

Was, wenn die Warnungen zutrafen? Es hieß, dass Gestaltwandler nicht zu lange in ihrer Tierform bleiben sollten, weil sie sonst Gefahr liefen, den Verstand zu verlieren. Passierte das mit ihm?

Er rief sich das Blutbad in Erinnerung, dann schüttelte er den Kopf. Das war auf keinen Fall sein Werk gewesen. Unmöglich. Immerhin hatte er den wahren Übeltäter flüchtig gesehen. Genau wie Andie.

Er holte mehrmals tief Luft und schwor sich, dass er es nicht gewesen war. Nachdem er Andies Haus eine weitere schwermütige Minute lang beobachtet hatte, zog er sich zum Nachdenken in die Dunkelheit zurück. So sehr er darauf brannte, zu bleiben und Andie zu beschützen, ihr Kommen und Gehen war zu unberechenbar, um ihr in Wolfsgestalt folgen zu können.

Somit blieb ihm nur die Möglichkeit, das mysteriöse Wesen zu jagen, was seine impulsive, animalische Seite überaus ansprechend fand.

In genau dieser Absicht preschte er in die Wüstennacht los. Aber so geschickt er als Fährtensucher war, es erwies sich als schwierig. Das Wesen hatte kaum einen Geruch in der Luft hinterlassen und nur eigenartig verstreute Spuren am Boden. Die wenigen, die Roy fand, verwirrten ihn höllisch. Nach einer kurzen Strecke lösten sich die Spuren in Luft auf, ehe sie zig Meter weiter wieder erschienen. Beinah so, als vollführte die Kreatur immer wieder mächtige, weite Sprünge. Den schwachen Geruch konnte er auch nicht einordnen – eine seltsame Mischung aus Moschus, wie von einem Hund oder Wolf, und dem dichteren, flaumigen Aroma eines Vogels. Was für ein Geschöpf war das, verdammt?

Dann war da noch das von der Bestie angerichtete Gemetzel – und am schlimmsten von allem, dieses kalte Kribbeln, das sie zurückgelassen hatte. Ein verdammt unheimliches Gefühl. Ganz so, als durchstreifte ein böser Geist statt einem gewöhnlichen Tier die Landschaft.

Roy hielt inne und schnupperte im Wind. Dann schwenkte er nach Osten. Weiter und weiter einen langen, unebenen Pfad hinauf. Schließlich erreichte er das Plateau der großen Mesa und trabte zur anderen Seite. Dort hockte er sich hin und überlegte.

Die Twin Moon Ranch, Heimat des stärksten Wolfsrudels im Südwesten der Wüste. Wäre von dort Hilfe zu bekommen?

Allein bei dem Gedanken spannte sich jeder Muskel in seinem Körper an. Roy hatte die Ranch vor Jahren verlassen und sich geschworen, nie wieder dorthin zurückzukehren. War er wirklich bereit, es dennoch zu tun?

Ja. Weil er für Andie alles tun würde.

Allerdings waren nicht alle auf der Twin Moon Ranch zuverlässig oder ein Freund. Dort um Hilfe zu bitten, wäre ein Risiko – sowohl für Roy als auch für Andie.

Es musste einen besseren Weg geben. Nur welchen?

Langsam klopfte er mit dem Schwanz, während er grübelte. Als Wolf konnte er nie ein Teil von Andies Welt werden. Nie mehr als ein animalischer Begleiter.

Die Sehnsucht nach mehr ließ ihn die Augen schließen. Nach viel mehr.

Als Mann können wir das, argumentierte seine menschliche Seite. *Wir können sie anfassen. Sie festhalten. Sie küssen. Und so viel mehr...*

Hitze schoss durch sein Innerstes, und heftiges Verlangen fegte durch seine Seele. Er wollte sie. Brauchte sie. Wichtiger noch, sie brauchte ihn. Nicht nur als Wolf, sondern auch als Mann. Er konnte es tief in der Seele spüren.

Korrektur, meldete sich eine leise Stimme zu Wort. *Sie braucht beides – den Wolf und den Mann.*

Das klang einleuchtend. Als Wolf konnte er sie vor allem Bösen schützen, das draußen lauerte. Als Mann konnte er die Leere in ihrer Seele füllen – eine Leere ähnlich jener in ihm. Nur zusammen könnten sie vollständig sein.

Schicksal... Wieder dieses Flüstern, das ihn zum Schaudern brachte.

Aber die Wahrheit ließ sich nicht leugnen. Andie war seine vom Schicksal für ihn vorgesehene Gefährtin. Sie musste es sein.

Das ist sie, betonte sein Wolf.

Und einfach so legte sich ein Schalter in ihm um. Man konnte sich vor dem Schicksal verstecken oder wie ein furchtloser Ritter losreiten, um es mit einem Drachen aufzunehmen. Verdammt, er konnte sein Schicksal selbst bestimmen.

Roy straffte die Schultern. Seine Gefährtin brauchte ihn, und er würde tun, was nötig war, um ihr zu helfen. Sogar das bequeme Niemandsland der Wildnis würde er für sie verlassen.

Also ja. Er musste menschliche Gestalt annehmen – aber dafür brauchte er die Wölfe der Twin Moon Ranch nicht.

Roy blickte auf seine Pfoten hinab und versuchte, sich zu erinnern, wie sich Hände anfühlten. Er wackelte mit den Fingergliedern und stellte sich vor, wie sie dünner, länger und unbehaart wurden.

Als ihm Zweifel kamen, knirschte er mit den Zähnen. Vielleicht wäre es doch besser, diese Gestalt beizubehalten.

Aber ein widerspenstiger Teil seines Verstands ließ nicht locker und erinnerte ihn daran, wofür ein menschlicher Körper taugte. Zum Beispiel dafür, seiner Gefährtin nah zu sein.

Also schloss er erneut die Augen und konzentrierte sich auf das Einzige, was der Verwandlung einen gewissen Reiz verlieh. Andie.

Er stellte sich vor, wie er ihre Wange streichelte. Ihre Hand hielt. Sie ohne lange, spitze Eckzähne anlächelte und beobachtete, wie sie es erwiderte.

Auch Arme würden praktisch sein. Er könnte sie um sie legen und sie festhalten. Und mit Lippen könnte er so sprechen, dass Andie ihn verstehen würde.

Mit Lippen könnten wir sie auch küssen, brummte sein Wolf.

Ja, ein menschlicher Körper würde es ihm ermöglichen, jeden Wunsch zu erfüllen, den Gefährten teilten.

Eine Weile entglitten ihm die Gedanken hin zu heißen Fantasien. Dann senkte er den Kopf und den Schwanz und vollzog die Verwandlung in menschliche Gestalt. Ein qualvoll langer, schwerfälliger Vorgang, der ihn stöhnen ließ. Verdammt, war er aus der Übung. Eine gefühlte Ewigkeit später blinzelte er und blickte an sich hinab.

Zwei Füße statt vier. Zwei Hände. Zehn Finger. Kein Schwanz am Hintern.

Auch kein Fell, wodurch er der winterlichen Kälte ungeschützt ausgesetzt war. Die deutlichere Sicht empfand er als Vorteil, aber als unzulänglichen Ausgleich für den abgestumpften Geruchssinn. Er kniff die Augen gegen die Farben zusammen, die ihn beinah so überwältigend bestürmten, wie es grelle Lichter konnten. Aber er hatte es geschafft. Er hatte menschliche Gestalt angenommen!

Leicht schwankend versuchte er, sich in Bewegung zu setzen. Allerdings fiel es ihm schwer, auf nur zwei stelzenartigen Beinen zu balancieren statt auf vier. Ein weiterer Blick auf seinen Körper ließ ihn mit mürrischer Miene innehalten.

Als Wolf schien alles so einfach zu sein. In Menschengestalt taten sich neue hässliche Einzelheiten auf – wie die Tatsache, dass er nicht einfach mitten in der Nacht splitternackt bei Andie auf der Matte stehen konnte. Das wusste sogar er.

Roy sah sich um und überdachte seinen Plan. Kleidung. Er brauchte etwas zum Anziehen. Aber woher?

Kurz erwog er das Farmhaus der Lazy Q Ranch. Aber die grellen Lichter dort schreckten ihn ebenso ab wie die Aussicht auf bellende Hunde. Er brauchte einen Ort, an dem niemand zu Hause sein würde.

Roy wandte sich nach Osten. Dort lag ein kleines Haus am anderen Ende des Geländes der Ranch. Volltreffer. Er war oft genug in der Gegend gewesen, um zu wissen, dass dort eine alleinstehende Frau lebte. Früher hatte außerdem ein Mann in einem nahen Wohnwagen gehaust. Es war spät genug, dass da wie dort kein Licht mehr brannte. Außerdem hatte er den Mann seit Wochen nicht mehr gesehen, also würde der Wohnwagen höchstwahrscheinlich verlassen sein.

Perfekt, brummte sein Wolf.

So perfekt, dass er seine menschliche Gestalt vergaß und beim ersten wackligen Schritt den nackten Fuß prompt auf etwas Dorniges setzte. Die nächsten Sekunden hopste er auf einem Bein und verkniff es sich, aufzuheulen.

Menschliche Füße, murrte sein Wolf. *Nutzlos.*

Roy seufzte, stellte den nackten Fuß vorsichtig wieder auf den Boden und verwandelte sich zurück in Wolfsgestalt.

Viel besser. Sein Wolf tänzelte praktisch.

Wenige Minuten später bog er um die Ecke des Grundstücks und stahl sich zu dem Wohnwagen. Seine zweite Verwandlung in menschliche Gestalt verlief zum Glück weniger unangenehm als die erste. Die Tür war zwar nicht verschlossen, quietschte aber. Sie langsam zu öffnen, gestaltete sich zur Qual, dann jedoch befand er sich drinnen. Und ihn erwartete ein Volltreffer – eine ganze Kommode voller Kleidung. Roy stöberte darin herum und probierte eine Hose an. Da sie sich als zu groß erwies, versuchte er es mit mehreren anderen. Allerdings war der Wohnwagen so winzig, dass er versehentlich eine Lampe umstieß, die krachend am Boden landete.

Roy erstarrte und lauschte eine lange Weile. Dann rührte er sich langsam wieder und setzte die Suche fort. In seinem Kopf schrillten erste Alarmglocken, weil er zu lange brauchte. Aber wie lange eigentlich? In menschlicher Gestalt verging die Zeit unterschiedlich – manchmal quälend langsam, manchmal viel zu schnell. Es gelang ihm nicht, den Überblick zu behalten.

Roy schüttelte den Kopf. So oder so, er musste bald etwas zum Anziehen finden.

Eine gefühlte Ewigkeit später griff er fluchend auf eine zuvor weggelegte Jeans zurück. Sie würde reichen müssen – er brauchte nur noch einen Gürtel, den er eng zusammenziehen konnte. Wieder dauerte es schier ewig, doch letztlich fand er einen und begann, ihn durch die Schlaufen der Hose zu fädeln – keine einfache Aufgabe für fahrige, an Pfotenform gewöhnte Finger. Schließlich gelang es ihm, und er schlüpfte in die Jeans. Rechtes Bein rechts hinein, linkes Bein auf der anderen Seite...

Als er den nackten Körper zu drei Vierteln in die Jeans gezwängt hatte, flog plötzlich die Tür auf, und ein blendendes Licht strahlte herein.

„Keine Bewegung! Hände hoch!", rief jemand.

Roy spannte jeden Muskel an, und sein innerer Wolf fletschte die Zähne.

„Rühr dich nicht!", warnte der Eindringling.

Roy wollte schon lospreschen, den Neuankömmling beiseitestoßen und zur Tür hinausrennen, bremste sich jedoch. Moment. Er kannte diese Stimme, obwohl er sie noch nie in einem so kalten, herrischen Ton gehört hatte.

Andie! Andie! Sein Wolf wedelte mit dem Schwanz.

Seine menschliche Seite hingegen verzagte, als er eine Hand hochriss und die Augen gegen das Licht zusammenkniff. So viele Male hatte er davon geträumt, Andie von Angesicht zu Angesicht gegenüberzustehen. Aber nicht so.

Auf keinen Fall so.

Kapitel 8

Andie blinzelte und umklammerte ihre Smith & Wesson 13 fester. Falls es etwas gab, das man als Standardverhaftung bezeichnen konnte, fiel das eindeutig nicht darunter.

Zum einen stand einen halben Schritt hinter ihr Yvette in einem flauschigen rosa Morgenmantel mit einer Schrotflinte im Anschlag.

Zum anderen war der Übeltäter von den Knien aufwärts nackt. Seine seitliche Haltung verbarg gerade so den Intimbereich.

Und trotzdem, eine Verhaftung war eine Verhaftung, ganz gleich, wie weit der Täter die Hose runtergelassen hatte oder wie perfekt definiert seine Bauchmuskeln sein mochten.

„Keine Bewegung", wiederholte sie, überwiegend, um sich wieder aufs Wesentliche zu konzentrieren.

„Genau", hauchte Yvette, die den Anblick vor ihnen beiden zu genießen schien. „Rühr dich bloß nicht."

Andie wappnete sich, weil noch jeder Täter, den sie je festgenommen hatte, auf eine von zwei Arten reagiert hatte – entweder mit einem Fluchtversuch oder einer flehentlichen Rechtfertigung.

Dieser Mann jedoch stand einfach nur da und starrte sie an.

Und herrje. Sie konnte nicht verhindern, dass sie ihrerseits tief in diese warmherzigen braunen Augen blickte. Der Ausdruck darin wirkte so ehrlich... unschuldig... stark. Aber auch ein wenig gebrochen.

Ihr Polizeiverstand registrierte all das innerhalb eines Herzschlags, während in einem getrennten Abteil ihrer Seele Mitgefühl im Kessel ihrer Emotionen brodelte. Nach so vielen Jahren im Dienst entwickelte man ein Gespür für derlei Dinge. Dieser Mann war keine Gefahr für die Gesellschaft, sondern hatte bloß auf die eine oder andere Weise tragisches Pech gehabt, wie Andie es im Verlauf der Jahre schon etliche Male erlebt hatte.

Sie war solchen Männern schon öfter begegnet. Nur kam ihr dieser unheimlich vertraut vor, was sie sich nicht erklären konnte. Diese kantige Kieferpartie, der drahtige Körperbau eines Naturburschen. Das gewellte braune Haar, das geradezu darum zu betteln schien, dass sie an ihn herantrat und es mit den Fingern hinter die Ohren kämmte. Die tiefgründigen Augen, die genauso viel verbargen, wie sie preisgaben.

Ihr Verstand ging die Einzelheiten wieder und wieder durch und versuchte, sie zuzuordnen. Hatten sie zusammen die Vorschule besucht? War er vielleicht jemand aus dem *Lone Wolf?* Oder ein ehemaliger professioneller Cowboy, der ihr bekannt vorkam, weil er Werbespots gedreht hatte, bevor er vom Pech ereilt worden und auf die schiefe Bahn geraten war?

Woran es auch liegen mochte, sie hätte schwören können, dass sie ihn kannte.

Trotzdem behielt sie die Waffe im Anschlag. Ihr Vater hatte einst eine Verhaftung falsch eingeschätzt, und es hatte ihn das Leben gekostet.

„Hose hoch, dann die Hände auf den Kopf." Zur Betonung deutete sie leicht mit der Waffe.

Aber er verharrte, ohne sich zu rühren – so lange, dass sie sich fragte, ob er taub war. Dann zog er endlich die Jeans über die Hüften hoch und hob langsam die Hände zum Kopf. Die Bewegung verursachte ein faszinierendes Schauspiel der Muskeln seines Oberkörpers und entlockte Yvette ein gedämpftes Seufzen.

„Das hier ist Privateigentum. Ist dir das klar?", fragte Andie und versuchte, den Mann abzuwägen.

Seine Nasenflügel blähten sich leicht, aber er erwiderte nichts.

„Unbefugtes Betreten und Einbruch sind Straftaten. Kannst du erklären, was du hier zu suchen hast?"

Das schien angesichts der auf dem Bett und am Boden verstreuten Kleidung offensichtlich zu sein, doch sein Blick heftete sich nicht darauf. Stattdessen sah er Andie fest in die Augen. Und als sich seine Lippen teilten, war sie überzeugt davon, er würde sagen: *Dich. Ich bin deinetwegen hier.*

Aber als er kein Wort von sich gab, verwarf Andie den Gedanken sofort wieder. Warum spielte ihre Fantasie nur so verrückt?

Abgesehen davon ergab für sie alles keinen Sinn. Wer brach in einen Wohnwagen ein, um Kleidung zu stehlen, die einem nicht mal passte? Was war aus den Sachen geworden, die er getragen hatte? Und wie war er überhaupt hergekommen? Es fehlte jede Spur von einem Fahrzeug, und per Anhalter konnte er es nicht so weit fernab der Hauptstraße geschafft haben.

Mit der freien Hand zog sie ihr Abzeichen heraus. „Polizei. Letzte Chance für eine Erklärung, bevor ich einen Streifenwagen rufe."

Herrje. Moment. Wieso räumte sie ihm die Gelegenheit überhaupt ein?

Seine Lippen zuckten, doch immer noch drang kein Mucks aus ihm. Andie fand seltsam, wie intensiv er mit allen Sinnen jede Kleinigkeit zu registrieren schien. Nur im Umgang mit Menschen haperte es bei ihm offenbar.

Yvette berührte sie am Arm und schien damit zu vermitteln: *Gib ihm einen Moment.*

Beinah hätte Andie die Augen verdreht. Yvette hatte sie vor zwanzig Minuten angerufen und mit gedämpfter, eindringlicher Stimme um Hilfe gebeten.

Andie! Du musst sofort herkommen!

Mit den Lidern verschlafen auf halbmast hatte Andie zum Wecker gespäht, als Yvette weitergesprochen hatte. *Zuerst dachte ich, es wäre der Skinwalker. Aber ich glaube, es ist nur ein Mann.*

Ja, eindeutig ein Mann, dachte Andie und bemühte sich, den athletischen Körperbau nicht bewundernd anzuglotzen.

Er ist gerade im Wohnwagen und raubt mich wohl aus. Dann hatte Yvette die Stimme gesenkt und geflüstert: *Weißt du, er könnte ein Vergewaltiger sein.*

Dann wäre er stattdessen in deinem Schlafzimmer, hätte Andie beinah schnaubend erwidert. Aber sie war sofort zu ihr gefahren. Und plötzlich befand sie sich mitten in einer der eigenartigsten Verhaftungen, die sie je durchgeführt hatte.

Eine Verhaftung, bei der Yvette definitiv keine Hilfe war. Von ihrer ursprünglichen Panik am Telefon hatte sie auf kampfbereit umgeschaltet und ihre rostige Schrotflinte ausgepackt. Aber nun, da Yvette den Eindringling als harmlos – und unverschämt gutaussehend – eingestuft hatte, wurde sie plötzlich handzahm.

„Vielleicht sollte ich uns einen Kaffee holen", säuselte Yvette.

„Kein Kaffee", blaffte Andie. „Und du…" Sie gestikulierte mit dem Revolver. „Hinsetzen."

Hoppla. Das war ihr barscher als beabsichtigt herausgerutscht. Und herrje, schaute der Mann auf einmal verletzt drein.

„Du musst dich hinsetzen", wiederholte sie etwas sanfter. „Standardverfahren. Da auf den Boden. Lass die Hände auf dem Kopf."

Bei den Worten benutzte sie ihren Ton für heikle Situationen, in denen sie vermitteln wollte: *Ich weiß, dass es gerade chaotisch aussieht, aber wenn wir beide kühlen Kopf bewahren, kommt alles in Ordnung. Wir klären die Sache und beschaffen dir die Hilfe, die du brauchst, um wieder auf die Beine zu kommen.*

Manchmal funktionierte es tatsächlich. Wann immer ein Fall sie berührte – was zu oft zutraf –, blieb sie am Ball und bemühte sich, den Leuten zusammen mit ihren Ansprechpartnern bei Sozialdiensten geeignete Rehabilitationsprogramme oder feste Jobs zu vermitteln.

Andie sah es so, wie ihr Vater oft zu sagen gepflegt hatte. *Ich betrachte es nicht als meine Hauptaufgabe, Leute in den Knast zu stecken, sondern allen in der Gemeinde zu einem guten, sauberen Leben zu verhelfen.*

Dank dieser Einstellung war ihr Vater im Verlauf seiner zwanzigjährigen Musterkarriere in Los Angeles dreimal als Beamter des Jahres ausgezeichnet worden.

Andererseits hatte sie ihn auch umgebracht.

Ohne den Eindringling aus den Augen zu lassen, zog Andie ihr Handy heraus und reichte es Yvette. „Ruf bitte die Kurzwahl sechs an. Ich muss in der Zentrale Bescheid geben.“

Aber Yvette zögerte – und Andie aus irgendeinem Grund auch. Die Welt um sie herum schien sich zu verlangsamen, bis die Zeit stillstand. Alles trat in den Hintergrund, bis der Mann ihre gesamte Aufmerksamkeit einnahm.

Kenne ich dich von irgendwoher? hätte sie um ein Haar geflüstert.

Seine Augen schienen zu leuchten. *Ja, tust du. Genau, wie ich dich kenne.*

Beide gaben kein Wort von sich. Sie standen nur stumm da, während eine tiefe, erdige Stimme durch Andies Kopf hallte.

Schicksal.

Bei dem Ausdruck in seinen Augen fragte sie sich unwillkürlich, ob er es auch gehört hatte. Gefühlvolle, vertrauensvolle Augen. Die sie anflehten, ein Geheimnis zu verstehen, das er tief in sich verbarg.

Still verstrich die Zeit, doch Andie konnte sich einfach nicht rühren. Draußen säuselte der Wind durch das Gras. Grillen zirpten. Ein Erdkuckuck huschte vorbei. Der Duft von Salbei trieb in der Luft. Die beschauliche Nacht, die sie so sehr liebte, lief ab wie immer. Unwillkürlich stellte sie sich vor, auf ihrem Felsbrocken zu sitzen und die Sterne zu betrachten. Sie stellte sich sogar Buck vor, der sie beobachtete, während sie alles auf sich wirken ließ.

Dann blinzelte sie, riss sich zusammen – und herrje. Der Mann sah sie tatsächlich genau wie Buck an. Weder bedrohlich noch zudringlich. Er sah sie nur an, als hätte er ein Wunder vor sich.

Sie schlug sich mit der Hand gegen den Oberschenkel. Mann oh Mann – gut, dass sie nicht in der Nachtschicht arbeitete. Ihr Hirn funktionierte zu so später Stunde nicht mehr richtig. Vor ihr saß also dieser Mann mit nacktem Oberkörper, trotz der schlecht sitzenden Jeans ein wunderschöner Anblick. Und wenn schon. Noch lange kein Grund, die Konzentration zu verlieren, oder?

Sie stupste Yvette mit dem Ellbogen und deutete auf das Telefon. „Bitte ruf die Kurzwahl sechs an und leg das Gespräch auf Lautsprecher. Ich muss das in der Zentrale melden."

Yvette zögerte immer noch, sah erst das Handy an, dann den Mann. „Ist das denn wirklich nötig?"

Andie warf ihr einen ungläubigen Blick zu, der besagte: *Du hast mich doch panisch angerufen.*

Aber das war, bevor ich festgestellt habe, wie unschuldig er zu sein scheint. Yvette klimperte leicht mit den Wimpern. *Ganz zu schweigen davon, wie gutaussehend er ist.*

Andies Lippen bildeten eine schmale Linie. Yvette beugte sich zu ihr und flüsterte ihr ins Ohr.

„Im Ernst. Was, wenn ich keine Anzeige erstatten will?"

Andie ließ den Blick auf den Eindringling gerichtet und überlegte, was ihr Vater tun würde. Sie fragte sich, ob es ein Fall wie dieser gewesen war, den er so verheerend falsch eingeschätzt hatte.

„Yvette...", sagte sie in warnend gezischtem Flüsterton. „Er könnte vorbestraft sein. Oder zu den Meistgesuchten im Land gehören."

Yvette schnaubte. „Den Meistgesuchten für einen sexy Kalender vielleicht." Bevor Andie widersprechen konnte, pflügte Yvette weiter. „Aber Spaß beiseite – du merkst doch genauso gut wie ich, dass dieser Bursche nicht in ein Gefängnis gehört."

„Darüber hat ein Richter zu entscheiden", erwiderte Andie.

Tatsache jedoch war, dass Yvettes Argumente jenen entsprachen, die ihr selbst durch den Kopf gingen.

„Komm schon", fügte Yvette eindringlich hinzu. „Du darfst ihn nicht verhaften. Er ist kein Verbrecher."

Andie wusste, dass sie es trotzdem tun sollte. Aber sie brachte es nicht über sich, dem Mann seine Rechte zu verlesen. Nicht mit gutem Gewissen.

Du hast das Recht zu schweigen...

Der Teil dürfte dem Mann leichtfallen, der nach wie vor stumm wie ein Hündchen im Tierheim dasaß und mit wachem, hoffnungsvollem Blick zu ihr aufschaute, als wollte er sagen: *Bitte gib mir eine Chance.*

Aber sie musste standhaft bleiben. Oder doch nicht?

Alles, was du sagst, kann und wird vor Gericht gegen dich verwendet werden...

Andie zuckte zusammen, als sie sich den herabsausenden Hammer eines Richters vorstellte. Im besten Fall würde der Mann mit einer Geldstrafe und gemeinnütziger Arbeit davonkommen. Im schlimmsten Fall würde er hinter Gitter landen. Und verdammt. Das Gefängnis konnte aus anständigen Menschen waschechte Kriminelle machen, wenn sie durch einen dummen Fehler statt durch ein Schwerverbrechen dort endeten.

Du hast das Recht auf einen Anwalt. Wenn du dir keinen leisten kannst, wird dir vom Gericht einer zur Verfügung gestellt...

Das würde als Nächstes folgen, und er sah eindeutig so aus, als könnte er sich keinen leisten.

„Im Ernst. Wenn ich keine Anzeige erstatte, kannst du ihn nicht verhaften, oder?", versuchte es Yvette.

Beinah wäre Andie herausgerutscht: *Mit gerechtfertigtem Grund darf ein Polizeibeamter jeden verhaften.*

Aber in diesem Fall... Verflixt. Was sollte sie tun?

„Komm schon, Andie", flehte Yvette.

Andie blendete sie aus und musterte stattdessen den Mann vor ihr. Die falsche Entscheidung konnte das Leben eines Unschuldigen zerstören – oder einen gefährlichen Verbrecher auf freiem Fuß belassen.

Ihr Herz pochte tief und schwer, während ihr Erinnerungen an ihren Vater durch den Kopf schossen. Gott, was sollte sie nur tun?

Kapitel 9

Roy lehnte sich auf die Schaufel, neigte den Hut nach hinten und betrachtete den strahlend blauen Wüstenhimmel. Schon eigenartig, was für Wendungen das Leben nahm. Mittlerweile war der nächste Tag angebrochen, und er arbeitete in menschlicher Gestalt auf der Lazy Q Ranch, statt im Gefängnis zu schmoren.

Ihm schwirrte immer noch die vergangene Nacht im Kopf herum. Zuerst die Überraschung darüber, dass Andie eine Waffe auf ihn gerichtet hatte. Dann die überwältigende Freude darüber, sich ihr so nah zu befinden. Um ein Haar hätte er wie in seinen Träumen die Hand ausgestreckt und ihre Wange berührt. Einen Moment lang war er bereit gewesen, sich dem Schicksal restlos zu ergeben. Denn selbst seine Vorstellungskraft hatte ihn nicht auf das elektrisierende Gefühl vorbereitet, seiner Gefährtin von Angesicht zu Angesicht gegenüberzustehen und in ihre Augen zu blicken. In diesem Fall in atemberaubend grün-braune Augen – genau die Farbe, die er sich lange vorgestellt hatte.

Seine Wangen waren heiß geworden. In den Ohren hatte er ein leises Surren gehabt – das Geräusch von rauschendem Blut, feuernden Synapsen oder auch nur von purer Freude, die sich über ihn ergossen hatte wie frisches Quellwasser über ein ausgedörrtes Gelände.

Gefährtin, hätte er beinah gebrummt. Aber er hatte kein Wort herausgebracht. Verdammt, er konnte sich in jenem Moment nicht mal rühren.

Andie erging es zuerst ähnlich, obwohl er spürte, wie sie es abschüttelte, um mit Yvette zu reden. Ihre Worte gingen an ihm vorbei wie menschliche Sprache an Wolfsohren – so viele unzusammenhängende Silben, die keine verständliche Einheit ergaben. Hätte er sich angestrengt, er hätte sie schon verstanden, aber zu dem Zeitpunkt fehlte es ihm dafür an Gehirnkapazität. Er konnte nur den Moment mit seiner Gefährtin genießen.

In menschlicher Gestalt und auf zwei Beinen war er etwa fünf Zentimeter größer als Andie. In Wolfsgestalt musste er den Kopf weit in den Nacken legen und aufschauen, um ihr Gesicht zu sehen. Nun konnte er jede Kleinigkeit ausgiebig betrachten, von den anmutig gewölbten Augenbrauen bis hin zu ihrem fein geschnittenen Kinn. Viel weiter kam er nicht, weil sich sein Blick wieder auf ihre Lippen heftete und dort verharrte.

So nah. So perfekt auf seine abgestimmt.

Komm schon, hatte Yvette auf Andie eingeredet. *Hab Nachsicht mit ihm. Ist ja nichts passiert, oder?*

Roy bekam die Worte kaum mit. Er war zu beschäftigt damit, sich vorzustellen, wie er diese Lippen und Andies langes, seidiges Haar berührte.

Manche Menschen haben einfach Pech, meinte Yvette als Nächstes zu Andie.

Was Roy komisch fand, weil er sich in dem Moment wie der glücklichste Mensch der Welt fühlte. Er war ein Mann, Andie eine Frau. Dieselbe Spezies – zumindest fast, wenn man seine Gestaltwandlerseite außer Acht ließ.

Verdammt. Vielleicht hätte er doch nicht so lange damit warten sollen, sich in menschliche Gestalt zurückzuverwandeln.

Andererseits hatte das Dasein als Mensch auch seine Tücken, wie ihm allmählich dämmerte. Dinge, die Andie zu Yvette sagte, wie *unbefugtes Betreten* und *Einbruch.*

Er schloss die Augen. Hoppla. Womöglich hätte er sein Vorgehen doch etwas besser durchdenken sollten.

Er hatte schweigend gebetet, dass Andie dasselbe empfinden würde wie er. Nämlich, dass sie füreinander bestimmt waren, auch wenn sie den Punkt noch nicht erreicht hatten. Ob gut oder schlecht, das Schicksal war am Werk, und Roy hatte vor, bestmöglich dazu beizutragen, dass es seinen Lauf nehmen würde.

Was willst du hier eigentlich? wollte Andie von ihm wissen. *Woher bist du gekommen?*

Es dauerte eine ganze Weile, bis ihm mit rauer Stimme die ersten Worte gelangen. So aus der Übung und überwältigt war er.

Ich habe da draußen gelebt, brachte er schließlich heraus und deutete in Richtung der Hügel. *Bin lange, lange weg gewesen.*

Obwohl es sich dabei nur um die Quintessenz handelte, wurden beide Frauen zugänglicher. Vielleicht konnten sie es ansatzweise nachvollziehen, immerhin lebten sie selbst weit draußen in der Pampa. Verspürten auch sie die Versuchung, der Welt der Menschen den Rücken zuzukehren? War ihre Lösung dafür das höchste der Gefühle für jemanden, der kein Gestaltwandler war?

Yvette fing an, Kaffee zu kochen, und plapperte dabei munter vor sich hin. *Ich weiß, wie sich das anfühlt, Junge. Die Welt ist ein Chaos. Manchmal ist es leichter, sich einfach zu verstecken. Aber am Ende muss man sich zusammenreißen und sich dem Zirkus stellen, oder?*

Roy nickte dazu nur, musste damit aber wohl mehr vermittelt haben, denn Andie gab schließlich nach und ließ Yvette ihren Willen.

Somit gab es keine Verhaftung. Kein Gefängnis. Nur Yvette, die um ihn herumschusselte wie eine alte Tante, die ihren Neffen für die Konfirmation zurechtmachte. Als der Morgen anbrach, hatte er einen Arm voll Kleidung, ein Paar Stiefel und sogar eine Westernkrawatte – wofür, das wusste er nicht. Yvette stopfte alles in eine alte Satteltasche. Dann setzte sie ihn hin und bearbeitete sein Haar mit einer Schere und einem Kamm – alles unter Andies wachsamem Blick, die dabei ständig den Revolver in der Hand behielt.

Keine Sorge, mein Lieber, hatte Yvette gesagt. *Wir bringen dich schon wieder auf die Beine.*

Und das hatte sie – buchstäblich –, indem sie ihn bei Tagesanbruch zur benachbarten Ranch gescheucht hatte.

„Brady!", brüllte Yvette dort nach zehn kräftigen Schlägen gegen die Tür.

„Äh, Yvette...", sagte Andie in warnendem Ton. Sie klang alles andere als erfreut vom Plan der älteren Frau.

Das war auch Roy nicht. War Brady nicht der Idiot, der Andie vor kurzem so mies behandelt hatte?

War er, und er erwies sich um sechs Uhr morgens als genauso aufbrausend wie neulich Abend.

„Was zum Geier willst du?", blaffte Brady, als er endlich zur Tür gewankt kam.

„Ich habe gehört, dass du wieder ein paar Rancharbeiter vergrault hast", gab Yvette schnippisch zurück.

Brady schaute finster drein und trat gegen die Erde. „Abergläubische Trottel." Spucke spritzte dabei von seinen Lippen. Jedes Tröpfchen roch nach schalem Bier. „Ich habe ihnen immer wieder gesagt, dass es keine Skinwalker gibt. Sie sind trotzdem auf und davon."

Yvette gab einen missbilligenden Laut von sich, bevor sie Roy auf den Rücken klopfte. „Tja, ich habe einen Neuen für dich." Selbstgefällig verschränkte sie die Arme vor der Brust. „Gern geschehen."

Brady behielt zwar seine finstere Miene bei, aber er musterte Roy mit dem Blick eines Pferdehändlers.

„Glaubst du an Geister und verrückte Legenden, Junge?"

Roy überlegte. Wenn Gestaltwandler als verrückte Legenden galten... dann ja. Aber er gab kein Wort von sich.

„Bist du bereit, hart zu arbeiten?", fuhr Brady im Ton eines Feldwebels vor einem neuen Rekruten fort.

Für Brady zu arbeiten, hatte für Roy zwar keinerlei Reiz, davon abgesehen jedoch passte ihm der Job gut in den Kram. Andies Haus lag nur einen Katzensprung entfernt, also konnte er sie – und jede sich nähernde Gefahr – im Auge behalten, in menschlicher oder in Wolfsgestalt. Er könnte daran arbeiten, ihr Vertrauen zu erringen, damit sie irgendwann irgendwie seine Gefährtin würde.

Also hatte er zustimmend genickt, und damit war es besiegelt. Weder bekam er mit, noch interessierte ihn, wie viel bezahlt wurde, aber er wusste, dass ein Bett in einer gruseligen leerstehenden Schlafbaracke und Mahlzeiten von José inbegriffen waren.

„Wenn er nur nicht auch einfach abhaut", brummelte Brady leise.

Roy blinzelte mehrmals und schaute zu Andie. Abhauen? Auf keinen Fall. Das würde nicht passieren.

Aber puh. Was für eine Nacht.

∞∞∞∞

Eine Woche verging, und jeden Tag gewöhnte sich Roy mehr daran, wieder menschlich zu sein. Einiges fand er angenehm. Beispielsweise die Aussicht aus einer Höhe von über 1,80 Metern. Oder die Möglichkeit, sich mit Händen statt mit einem Fuß zu kratzen, wenn es irgendwo juckte. Ähnlich gefiel ihm, wie mühelos er Dinge mit all den Fingern und zwei unglaublich nützlichen Daumen handhaben konnte.

Natürlich drehte er sich im Bett dreimal um, bevor er sich zum Schlafen niederließ. Und er vermisste die Effizienz seiner langen Wolfszunge. Aber es war ja nicht so, als könnte er sich nie wieder verwandeln. Er musste sich bloß täglich etwas mehr die menschlichen Verhaltensweisen wieder aneignen.

Dazu gehörte unter anderem, einen neuen Job zu erlernen. Oder eigentlich eher wieder zu erlernen, denn die Arbeit auf der Lazy Q Ranch unterschied sich kaum von jener, die er früher auf der Twin Moon Ranch verrichtet hatte. Da einen Bewässerungsgraben ausheben, dort einen Zaun reparieren, dazwischen die letzten Rinder füttern und tränken. Im Großen und Ganzen oberflächliche Arbeit, die weniger dem echten Betrieb der Ranch diente, vielmehr dazu, den Schein für potenzielle Käufer von Teilparzellen zu wahren.

„Städter wollen nun mal sehen, was sie sehen wollen", hatte Brady gebrummt. „Weidende Kühe. Bimmelnde Glöckchen. Ziegen und Lämmer auch. Gott, die stehen auf Lämmer. Aber sie wollen alles weit genug weg, damit keine Fliegen sie belästigen, wenn sie sich am Pool fläzen."

Nur kamen keine möglichen Käufer mehr vorbei, seit sich der Ärger auf der Ranch herumgesprochen hatte. Ein paar Sensationslustige fanden den Weg über die lange, einsame Zufahrt. Sie wurden entweder von Brady verjagt oder von Yvette zu der improvisierten Kunstgalerie auf ihrer Veranda eingeladen. Roy wusste nicht recht, was er schlimmer fand.

„Ist das nicht was?", hatte Yvette gemeint, als er eines Nachmittags bei ihr war, um ihr zu helfen.

Sie hatte Rabenfedern auf Wellblech geklebt und dazwischen eine seltsame, bizarre Gestalt aufgesprüht, die dem Kunstwerk seinen Namen verlieh: *Flug des Skinwalkers.*

Aber er hatte Yvette zu verdanken, dass sich das Blatt für ihn zum Guten gewendet hatte, also achtete er darauf, unverbindlich zu antworten.

„Ja, ist es eindeutig", murmelte er. Die nächste Stunde lang packte er beim Aufbau der kleinen Galerie mit an.

Die Zeit verging überwiegend so wie damals, als er noch in Wolfsgestalt umhergestreift war. Die Stunden verflogen unscheinbar. Danach vermochte er kaum zu sagen, was genau er wo getan hatte oder warum.

Nur beim Umgang mit Andie stand die Zeit still – selbst in kürzesten Momenten und aus der Ferne. Und die Magie solcher Augenblicke brannte sich ihm unauslöschlich ins Gedächtnis.

Er prägte sich jede Kleinigkeit ein. Wie ihr Blick suchend über die Ranch wanderte und sich ihre Züge aufhellten, wenn sie ihn entdeckte. Wie ihr mustangbraunes Haar im Wind wehte wie ein echter Pferdeschwanz. Das Muster der Sommersprossen auf ihren sonnengebräunten Wangen. Die schlanken Konturen ihrer langen Fohlenbeine.

Sie würde eine wunderbare Wölfin abgeben, meinte seine animalische Seite seufzend.

Seine Brust hob und senkte sich wehmütig. *Und wie sie das würde.*

Im Verlauf der Woche hatte er reichlich Gelegenheit gehabt, sie zu beobachten, denn Andie behielt ihn genauso aufmerksam im Auge wie er sie. Manchmal aus der Ferne, manchmal näher.

Anfangs hatte sie nur auf dem Weg zur Arbeit oder nach Hause den Pick-up auf Schneckentempo verlangsamt, um ein paar Worte mit ihm zu wechseln. Zum Beispiel: *Wie ist die Arbeit?* Oder: *Alles in Ordnung?* Oder was auch immer sonst Polizisten zu Leuten sagten, die sie überwachten.

„Alles bestens, danke“, erwiderte er stets, und die Worte drangen ihm jeden Tag fließender von den Lippen.

Nach der ersten Zeit war Andie ein wenig aufgetaut, und die Sätze wurden länger. *Mit dem Zaun scheint es gut voranzugehen.* Oder: *Wie ich sehe, bist du heute am Bewässerungsgraben dran. Ein Tausendsassa, was?*

Vor Jahren hatte er das belanglose Plaudern verabscheut, mit dem Menschen so viel Zeit vergeudeten. Plötzlich begriff er, was es damit auf sich hatte. Es ging mehr darum, eine zwischenmenschliche Verbindung zu pflegen, als um die eigentlichen Worte.

Und Mann, was genoss er diese Verbindung, auch wenn sie vorerst noch so dünn war.

Das war sein Umgang mit Andie als Polizistin mit ihrer allzeit vorsichtigen, professionellen Fassade. Noch besser fand er Andie, die Sternguckerin, die er nachts besuchte, indem er sich aus der Schlafbaracke schlich und sich in Wolfsgestalt verwandelte.

„Buck! Du bist zurück! Es geht dir gut!“ Die Erleichterung in ihrer Stimme am ersten Abend ließ sein Herz anschwellen.

Um ein Haar wäre er zu ihr gerannt, um die pelzige Flanke an ihrem Bein zu reiben. Aber er begnügte sich damit, auf Abstand mit dem Schwanz zu wedeln.

Natürlich bin ich hier. Ich werde immer wieder zu dir kommen, meine Gefährtin, versuchte er, ihr zu vermitteln.

„Alles gut bei dir?“, erkundigte sie sich.

Sein Schwanz wedelte heftiger. *Ja, weil ich jetzt öfter in deiner Nähe sein kann.*

„Was für eine Woche.“ Andie seufzte.

Roy leckte sich die Lippen. Das konnte sie laut sagen.

Manche Dinge waren also beim Alten geblieben, andere hatten sich verändert. Andie hatte angefangen, ihre Fenster und Türen nachts zu verriegeln, was ein Teil von Roy bedauerte. Verdenken jedoch konnte er es ihr nicht – immerhin trieb sich das Schreckgespenst eines unbekannten Feindes in der Gegend herum.

Für ihn selbst kam noch mehr Besorgniserregendes hinzu.

Wolfsspuren – *seine* Spuren – waren am Ort des Ziegen massakers entdeckt worden. Das machte ihn zum Verdächtigen, auch wenn er erst nach der Gräueltat dort aufgetaucht war.

Und der wahre Täter lief immer noch frei herum. Nämlich der Skinwalker – oder Scherzbold, je nachdem, ob man Yvette oder Brady glaubte. So oder so stellte es eine Bedrohung für alle Gestaltwandler dar, wenn sich unter den Menschen Gerüchte über übernatürliche Wesen verbreiteten. Menschliche Neugier und Angst hatte vor Jahrhunderten irrsinnige Hexenjagden ausgelöst, die einige Gestaltwandler beinah ausgerottet hätten, während sich andere versteckt hatten oder in neue Gebiete gezogen waren – unter anderem hierher in den Südwesten der USA. Das mochte so lange her sein, dass man es mittlerweile für übertriebene Legenden hielt, dennoch konnte man nie wissen, was Gerüchte auch in moderner Zeit noch anrichten konnten.

Kurzum, die Sache mit dem Skinwalker musste innerhalb der Gestaltwandlerwelt bereinigt werden, und zwar so schnell wie möglich. Roy fühlte sich verpflichtet, seinen Beitrag dabei zu leisten – auch gegenüber seinem Rudel von der Twin Moon Ranch.

An der Stelle hielt er kurz inne. Sein Rudel oder sein ehemaliges Rudel?

Dann schüttelte er den Kopf. Spitzfindigkeiten spielten keine Rolle. Wichtig war nur, das Problem mit dem Skinwalker ein für alle Mal aus der Welt zu schaffen.

Problematisch daran war, dass sich der Verursacher des Wirbels in letzter Zeit ruhig verhielt. Vielleicht war er sogar verschwunden, wie Brady angedeutet hatte.

„Ich hoffe, er ist für immer weg", hatte der Ranchleiter zum Abschluss seiner täglichen Tiraden gebrummt.

Roy schnupperte den Wind. Es fühlte sich eher nach der Ruhe vor dem Sturm an. Aber nur die Zeit würde es weisen. Und falls die Bestie zurückkehrte, stand etwas fest. Roy würde zur Stelle sein, um das Leben seiner Gefährtin zu schützen.

Kapitel 10

„Alles in Ordnung, Liebes?", fragte Rita, die Besitzerin des *Lone Wolf*.

Andie schüttelte sich leicht und widmete sich wieder dem Zapfen des Biers. „Ich grüble wohl bloß zu viel." Sie rang sich ein verkniffenes Lächeln ab.

„Wie üblich." Rita gab ihr einen mütterlichen Klaps auf den Arm. „Eine kluge Frau hat mal zu mir gesagt, man sollte die Dinge einen Schritt nach dem anderen nehmen."

Andie täuschte ein Grinsen über ihre eigenen Worte vor. Zur Abwechslung beschäftigten sich ihre Gedanken nicht mit dem Lösen großer sozialer Probleme. Nur mit einem gutaussehenden, geheimnisvollen, über 1,80 Meter großen Problem.

Nämlich mit Roy, ihrem irgendwie nicht lupenreinen, aber umso heißeren neuen Nachbarn. Richtig heiß, mit dunklen, unschuldigen Augen, ruhiger Stimme und erstklassigem Körperbau.

Nur verhielt es sich so, dass Kerle, die sie verhaftet hatte – oder zumindest beinah –, ihr nicht tagelang im Kopf herumspuken sollten. Und schon gar nicht sollten sie siedende nächtliche Träume auslösen, obendrein bei einer Frau, die seit Jahren nichts mehr wirklich erregt hatte. Andie schob es auf ihren verdammten Job. Bei der jahrelangen Polizeiarbeit hatte sie die schlimmsten Seiten der Menschheit kennengelernt. Und als Frau wurde sie zu so gut wie jedem Fall von Vergewaltigung oder häuslicher Gewalt gerufen. Deshalb war es ihr unmöglich geworden, den Akt körperlicher Liebe als Vergnügen zu betrachten, und ihre Libido hatte sich abgeschaltet.

Plötzlich jedoch kehrte sie mit geballter Wucht zurück und erfüllte ihre Nächte mit Fantasien davon, wie sie es mit Cowboy

Leckerschmecker trieb – wie Yvette ihn nannte.

„Bitte sehr – zwei Bier“, murmelte sie und konzentrierte sich gerade genug, um sie den beiden an der Theke sitzenden Truckern zu servieren.

Die Männer lächelten, bevor sie sich wieder dem allgemeinen neuen Lieblingsthema zuwandten – Skinwalker und die jüngsten Unruhen auf der Lazy Q Ranch.

Zähneknirschend verkniff sich Andie die Äußerung: *Es gibt keine Skinwalker, Leute. Könnt ihr nicht mal zur Abwechslung über Football reden?*

„Ich brauche einen Burger und eine Portion Nachos“, rief die Kellnerin Carla in die Küche, bevor sie sich umsah. „Nicht allzu viel los heute Abend – bis jetzt. Hoffen wir mal, dass es so bleibt.“

Eine Gruppe von Stammgästen hatte sich um den Billardtisch versammelt, am nächsten Tisch spielten drei gutgelaunte Cowboys Karten. Rita sah nach ihrem Sohn Mick, der sich an seinem üblichen Platz etwas abseits das Footballspiel auf dem Großbildfernseher ansah. Am Tisch neben Mick plauderten zwei ältere Paare und lachten über alte Zeiten.

Andie holte tief Luft und versuchte, die Gedanken auf das Hier und Jetzt zu beschränken. Achtsamkeit nannte man das, hatte sie zumindest gehört. Das Problem war nur, dass sich ihre Gedanken wie wilde Mustangs gebärdeten – kaum hatte Andie sie gesammelt, wieherten sie auf und galoppierten in alle vier Himmelsrichtungen davon.

Und verdammt. Vielleicht besaßen Gedanken die Macht, ihren Inhalt heraufzubeschwören, denn auf einmal kam Yvette mit Cowboy Leckerschmecker... äh, Roy im Schlepptau zur Tür herein.

„Ju-hu! Andie!“ Yvette winkte vergnügt.

Sie lenkte Roy buchstäblich – wie eine Schubkarre oder einen störrischen Esel – zur Bar und setzte ihn auf den letzten freien Hocker. Dann eilte sie zu Andie und beugte sich ihr zu, doch Andie ergriff als Erste das Wort.

„Was denkst du dir dabei, ihn hierher zu bringen?“, flüsterte sie.

Yvette zwinkerte ihr zu. „Ich versüße dir den Tag, Schätzchen. Glaubst du, ich merke nicht, wie du Roy ansiehst?"

Andie stieg Hitze in die Wangen. „Ich sehe ihn gar nicht an."

Yvette schnaubte. „Kein Grund, sich zu schämen, Liebes. Schon gar nicht bei so einem Mann." Ihr Grinsen wurde breiter, und Herzlichkeit trat in ihre Augen. „Außerdem hatte ich recht. Er ist ein wahrer Goldschatz. Weißt du, er kommt jeden Abend vorbei, um mir zu helfen."

Andie nickte müde. Yvette hielt sie regelmäßig über jeden Schritt von Cowboy Leckerschmecker auf dem Laufenden.

Ich sage dir, der Mann besitzt ein gutes Herz. Das hatte Yvette wieder und wieder betont. *Er hat wohl bloß eine Menge durchgemacht.*

Andie fragte sich, was genau, wann und warum. Sie hatte in der Zentrale sogar seinen Hintergrund überprüft, doch er hatte eine blütenweise Weste.

Yvette wurde ernster. „Viel habe ich noch nicht aus ihm herausbekommen, aber ich weiß, dass er lange allein gelebt hat. Also muss er ein bisschen unter die Leute. Du weißt schon. Resozialisierung oder wie auch immer man das nennt."

Andie schaute finster drein. Den Begriff benutzte man für Kriminelle, die man auf die Entlassung aus dem Gefängnis vorbereitete. Passte das in diesem Fall, oder war es völlig daneben?

Völlig daneben, vermeinte Andie, die Stimme ihres Vaters im Kopf zu hören. Er hatte immer das Beste in jedem Menschen gesehen.

„Außerdem treffe ich mich heute Abend mit jemandem, und Roy muss beschäftigt werden", erklärte Yvette.

„Er hat auf der Ranch genug zu tun", merkte Andie an.

Yvette schnaubte. „An einem Freitagabend?" Sie schüttelte den Kopf. „Der arme Kerl muss sich wieder an die Zivilisation gewöhnen."

Andie verzog das Gesicht. Als heruntergekommene Kneipe am Stadtrand qualifizierte sich das *Lone Wolf* nicht unbedingt als zivilisiert. Im Gegensatz zum *Blue Moon Saloon* oder anderen Lokalen im Zentrum.

Sie zog Yvette näher. „Roy wäre um ein Haar im Knast gelandet. Er braucht positive Einflüsse, keinen Haufen Fremder, die in einer Kneipe abhängen."

Yvette tätschelte ihre Hand. „Deshalb habe ich ihn hergebracht. Du sollst ein Auge auf ihn haben."

Tun wir ja, erinnerte sich Andie an die Worte ihres Vaters. *Nicht nur als Polizeibeamte. Alle müssen aufeinander aufpassen und bereit sein, nach Möglichkeit zu helfen.*

Dennoch schüttelte Andie den Kopf. „Ich arbeite." *Oder versuche es zumindest,* hätte sie fast hinzugefügt, als ein Gast ihr bedeutete, dass er noch ein Getränk wollte. „Warum kannst du ihn nicht im Auge behalten?"

„Hatte ich vor, aber ich habe einen Anruf bekommen." Yvettes Miene wurde verschlagen, und sie sah sich verstohlen um, bevor sie mit gesenkter Stimme fortfuhr. „Ich habe eine Idee, wie wir verhindern können, dass die Lazy Q Ranch mit Villen von der Stange zugepflastert wird."

Andie verengte die Augen zu Schlitzen. Was führte Yvette nun wieder im Schilde?

„Jedenfalls muss ich jetzt los", verkündete ihre Nachbarin und steuerte auf die Tür zu. Nach drei Schritten drehte sie sich um und rief in gewohnt fröhlichem Ton: „Sei ein Schatz und fahr Roy nach Hause, ja?"

Damit huschte sie zur Tür hinaus, bevor Andie protestieren konnte.

„Zwei Bier, ein Jim Beam", murmelte Carla auf dem Weg in die Küche.

Andie atmete lang und tief durch, bevor sie sich zwang, sich wieder der Arbeit zu widmen. Dazu gehörte, sich um jeden in der Kneipe zu kümmern, einschließlich Cowboy Leckerschmecker.

„Hi", murmelte sie und wischte die feuchten Ringe von der Theke.

„Hi", flüsterte Roy.

Ein winziges Wort, dennoch jagte es ihr ein Kribbeln über den Rücken. So ging es schon die ganze Woche. Jedes Mal, wenn sie an Roy vorbeifuhr, winkte sie ihm steif zu oder begrüßte ihn kurz. Bei einem Mann, den sie um ein Haar verhaftet hätte, fühlte es sich zwar eigenartig an, aber es war nur höflich, oder?

Doch im Verlauf der Woche waren die Gesten und Worte herzlicher geworden. Auch Roys Verhalten hatte sich geändert. Anfangs hatte er ernst und wortkarg darauf reagiert, mittlerweile ließ er regelmäßig ein verhaltenes Lächeln aufblitzen. Auch wenn es flüchtig blieb, es lag so viel Herz darin, dass es Andies Puls zum Rasen brachte.

Sie griff nach einem leeren, vom letzten Gast zurückgelassenen Glas. Roy schob es ihr gleichzeitig zu. Ihre Hände streiften sich. Kaum spürbar, aber wow. Selbst die winzige Berührung ließ ihre Seele flattern wie einen hyperaktiven Kolibri.

„Tut mir leid", murmelte sie, obwohl es gelogen war. „Was möchtest du?"

Sein Gesicht verriet keinerlei Regung, aber seine Augen funkelten. Und verdammt. Offenbar schlug er sie damit ein wenig in seinen Bann, denn als Nächstes nahm sie – außer Roy – wahr, dass sich Rita am anderen Ende der Theke räusperte.

„Äh, Andie? Soll ich die Getränke richten, oder machst du das?"

Andie blinzelte. Getränke? Welche Getränke? Dann entdeckte sie eine große Gruppe von Neuankömmlingen und nickte rasch. „Bin schon dabei."

Allerdings flossen nur etwa zehn Prozent ihrer Konzentration in die Getränke. Der Rest behielt Roy aus dem Augenwinkel im Blick. Er saß still da. Seine Nasenflügel blähten sich, als könnte er jeden Drink in der Kneipe riechen.

Und hoppla. Zehn Prozent Konzentration reichten nicht, wie Andie feststellte, als Rita mit einem Ersatzbier kam und ihr einen Blick zuwarf, der besagte: *Was ist los mit dir?*

Das fragte sich Andie selbst. Fesselte dieser geheimnisvolle Mann sie so sehr, dass sie die Sinne nicht von ihm losreißen konnte? Und an wen erinnerte er sie bloß?

„He, wenn du die Bestellung von Hottie nicht übernimmst, mache ich es gern", bot Carla an.

Rita schaute zwischen Andie und Roy hin und her, bevor sie zwinkerte. „Du weißt ja, was man darüber sagt, wie man das

Leben auskostet. Man muss seine Ängste hinter sich lassen."

Andies Lippen bildeten eine schmale Linie. Ängste? Sie hatte keine.

Gut, abgesehen davon vielleicht, ihr Herz zu öffnen.

Sie setzte ihren nüchternsten Blick auf, schnappte sich ein Bier und ein Wasser und ging auf Roy zu.

„Was darf's sein?" Sie hob beide Drinks an und zog herausfordernd eine Augenbraue hoch. Laut Yvette war er ein Saubermann. Aber stimmte das auch?

Nach kurzer Verwirrung schnellte sein Blick zwischen den Gläsern hin und her. „Wasser. Bitte."

Wie üblich klangen die Worte etwas gestelzt wie bei jemandem, der sehr lange nicht gesprochen hatte.

Sie stellte es vor ihm ab und stützte sich mit beiden Händen auf die Theke. Dabei bemühte sie sich, bestmöglich wie eine abgebrühte Barkeeperin zu wirken. „Außerdem starrst du mich an."

Sein Adamsapfel hüpfte auf und ab, und er senkte den Blick. Verdammt, wie konnte ein großer, taffer Cowboy, der sich ein bisschen zu lange draußen in der Wildnis herumgetrieben hatte, zugleich so süß sein und so verloren wirken?

„Tut mir leid", murmelte er. Gleich darauf jedoch heftete sich sein Blick abermals auf sie, und Andie stockte erneut der Atem.

Schließlich schaute Roy wieder weg. „Also noch mal, es tut mir leid."

Wirklich? Und tat es ihr überhaupt leid?

Sie stieß mit dem Ellbogen gegen das Damebrett auf dem Platz neben seinem. Ein roter Spielstein verrutschte. Sie schob ihn zurück, dann spontan auf ein neues Feld.

„So. Du bist dran."

Damit kehrte sie zur Arbeit zurück und ließ ihn über dem Spielbrett brüten. Einige Minuten später sah sie wieder nach ihm.

„Immer noch dabei, dich für einen Zug zu entscheiden?", fragte sie. Roy betrachtete stirnrunzelnd das Spielbrett. „Nur, dass du's weißt, du bist schwarz."

Zögernd bewegte er einen Spielstein auf ein Feld, auf dem sie ihn schlagen konnte.

Sie schob ihn zurück. „Oh nein, das kannst du vergessen. Es gibt keine Freigetränke dafür, mich gewinnen zu lassen. Versuch's noch mal, Freundchen."

Damit ließ sie ihn allein, um einen Gast abzurechnen.

Als sie das nächste Mal nach Roy sah, hatten sich die Falten auf seiner Stirn vertieft. Schließlich bewegte er denselben Spielstein langsam in eine andere Richtung.

Andie lachte. „Komm schon. Tu nicht so, als würdest du die Regeln nicht kennen."

Und hoppla. Auf einmal wirkte er niedergeschlagen wie ein kleiner Junge, der von einem wichtigen Baseballspiel ausgeschlossen worden war.

Yvettes Worte hallten durch ihren Geist. *Er hat lange draußen in der Wüste gelebt.*

Andie biss sich auf die Unterlippe und fragte sich, wie lange... und warum.

„Okay, sieh her." Sie brachte die Spielsteine in die Ausgangsstellung. „Du kannst nur diagonal ziehen – so. Immer nur ein Feld auf einmal. Und nur vorwärts. Gegnerische Spielsteine schnappst du dir, indem du so über sie springst. Es sind sogar Doppelsprünge möglich."

Klick. Klick. Sie bewegte einen Spielstein, um es zu veranschaulichen, dann setzte sie ihn zurück an seinen Platz.

„Okay? Ich fange an." Nachdem sie gezogen hatte, entfernte sie sich wieder. Mit seinem Gegenzug würde sie sich auseinandersetzen, wenn es so weit wäre.

„Du bist dran", rief sie ihm über die Schulter zu und hoffte, dass er die Regeln verstanden hatte.

Aber schon eigenartig. Ein erwachsener Mann, der nicht wusste, wie man Dame spielte?

Andererseits, wer war sie schon, sich ein Urteil darüber anzumaßen? Die wenigen mit Roy gewechselten Worte stellten für sie mehr an Unterhaltung dar, als sie in langer Zeit gehabt hatte – abgesehen von den Gesprächen mit Buck natürlich.

Sie ertappte sich bei einem Blick erst auf die Uhr, dann zur Tür, weil sie sich nach der Gesellschaft des Wolfs sehnte.

Sie schaute zurück zu Roy und seufzte. Und nach der eines Wildfremden? Gott, sie wurde allmählich genauso wunderlich wie Yvette.

Im Verlauf der nächsten Stunde legte der Betrieb derart zu, dass Andie dazwischen gerade noch vier weitere Züge beim Damespiel schaffte. Kaum hatte sich Rita mit einer Mahlzeit für ihren Sohn Mick hingesetzt, rief die Köchin nach Hilfe, um den Ansturm der Bestellungen zu bewältigen.

„Verdammt", murmelte Rita und streichelte ihrem Sohn mit einer Hand die Wange. „Ich bin gleich wieder da, Schatz."

Mick erwiderte undeutlich etwas, aber seine Stimme hatte denselben geduldigen Ton seiner Mutter, der besagte: *Wir schaffen das schon.*

Und falls Andie eine Ermahnung dafür brauchte, das Leben zu schätzen und auszukosten, hatte sie eine vor sich. Mick war ungefähr in ihrem Alter, saß jedoch im Rollstuhl, die Finger ebenso wie die Gliedmaßen durch einen schlimmen Fall von Zerebralparese verkrümmt. So schlimm, dass sein nichtsnutziger Vater sich deswegen aus dem Staub gemacht hatte, als Mick noch ein Kind gewesen war. Rita hatte sich gut durch die Jahre geschlagen. Dennoch hatte Andie einen Stich im Herzen verspürt, als sie sich vor zwei Jahren zum ersten Mal begegnet waren.

Also verdammt. Andie sehnte sich danach, zu Mick zu eilen, um ihm zu helfen, aber der rege Betrieb ließ es nicht zu. Ein aufmunterndes Lächeln blieb das Beste, was sie tun konnte.

„Halt durch, Mick."

Sie hastete durch die nächste und übernächste Getränkebestellung. Zuletzt bediente sie einen Neuankömmling am anderen Ende der Theke. Plötzlich hielt Andie so abrupt inne, dass der Schaum über den Rand des Glases schwappte. Das Damespiel war weggeschoben worden, und Roys Wasser fehlte – ebenso wie Roy selbst. Ein Fremder hatte seinen Platz eingenommen und plauderte mit dem Mann neben ihm, der ihm auf seinem Handy eine Nachrichtenmeldung zeigte.

„Manche Leute sagen, es wäre irgendein großer Vogel, aber mal ehrlich, wie verrückt ist das denn? Es muss ein Skinwalker sein!"

Andie verdrehte die Augen. Nicht das schon wieder.

Mit verkniffenem Blick sah sie sich um. Verdammt, verdammt, verdammt. Sie sollte Roy doch im Auge behalten. Wo steckte er?

Dann wanderte ihr Blick hinter den Neuankömmling, und ihr stockte der Atem.

Roy saß an Micks Tisch und hob vorsichtig eine Gabel zu dessen Mund. Einmal. Zweimal. Dreimal. Jedes Mal hielt er geduldig inne, bis Mick gekaut und geschluckt hatte. Dazwischen zeigte er Mick eine Serviette und wartete auf ein Zeichen der Zustimmung. Wenn es kam, tupfte er Mick den Mund ab, bevor er die nächste Gabelladung vorbereitete.

Andie blinzelte. Sie hatte lange gebraucht, um Micks Zeichen verstehen zu lernen – ein Zucken der Wange, ein Verengen der Augen, eine ruckartige Geste mit der Hand.

Und wow. Roy wechselte von der Gabel zum Trinkglas, reagierte damit auf ein kaum merkliches Zeichen, das nur die Wenigsten erkannt hätten. Die meisten würden es nicht mal versuchen.

Mick trank einen Schluck, bevor er die Aufmerksamkeit dem Footballspiel auf dem großen Fernseher widmete. Roy tat es ihm gleich. Nach einem missglückten Spielzug schnaubte Mick, und Roy hob wieder die Gabel, bot ihm den nächsten Bissen an. Eigentlich ganz einfach, nur erforderte es Zeit. Geduld. Und Einfühlungsvermögen.

Andies Herz pochte wie eine große, tiefe Basstrommel, und ihr gingen erneut Yvettes Worte durch den Kopf. *Ich sage dir, der Mann hat ein gutes Herz.*

Andie nickte langsam. Ja, hatte er eindeutig. Dann schmunzelte sie und dachte: *Haben sie beide. Roy und Mick.*

Etwas raschelte an ihrem Ellbogen und verstummte. Als sie den Kopf drehte, erblickte sie Rita, die in die gleiche Richtung starrte.

Eine heruntergekommene Westernbar an einem Freitagabend entsprach normalerweise weder dem Zeitpunkt noch dem Ort, um innezuhalten und die schiere Schönheit der Welt zu genießen. Aber für einen kurzen Moment taten die beiden Frauen genau das.

„Möge Gott seine Seele segnen", murmelte Rita.

Dann räusperte sie sich und eilte los, um drei Hamburger an Tisch sechs zu bringen.

Auch Andie setzte sich wieder in Bewegung, doch das warme, flauschige Gefühl von dem Anblick blieb ihr für den Rest des Abends erhalten. Gleichsam als Hilfe, das Beste in Menschen zu sehen, obwohl sie im Dienst häufig mit dem Schlimmsten konfrontiert wurde. Wie ihr Vater immer gesagt hatte. *So übel es auf der Welt zugehen mag, am Ende siegt doch das Gute. Du wirst schon sehen.*

Darauf konzentrierte sich Andie, während sie während des restlichen Abends immer wieder mit verstohlenen Blicken zu Roy und Mick ihre Seele fütterte.

Kapitel 11

Kneipen waren eigenartig. Roy erinnerte sich vage daran, dass er schon in einigen gewesen war, und er hatte sie alle laut, versifft und überfüllt im Gedächtnis.

Aber keine hatte ganz dieser geglichen. In dieser Kneipe schwollen der Lärm und das Treiben an und ab, unterbrochen von fast so ruhigen Zeiten, wie man sie in der Wüste fand. Man musste nur auf die Kleinigkeiten achten, mehr nicht.

Die meisten dieser friedlichen Momente setzten dann ein, wenn sich Andie näherte. Jedes Mal, wenn sich ihre Blicke begegneten, schlug sein Herz ein wenig schneller, und alles andere trat in den Hintergrund. Alles außer dem Gefühl, dass eins und eins mehr als zwei ergab. Dem Gefühl, dass sie zusammengehörten. Für immer.

Ja, innerer Friede schien eine treffende Bezeichnung dafür zu sein, auch wenn er nur kurz währte.

Ähnlicher Friede ließ sich bei Mick finden – ja, Mick, sofern Roy den Namen richtig verstanden hatte. Der Mann sagte nicht viel, und seine Hände funktionierten anders als die der meisten Menschen. Aber das konnte Roy nachempfinden, da er so viel Zeit mit plumpen Pfoten statt mit Fingern verbracht hatte. Verdammt schwer, damit ein Einmachglas oder ein Tor aufzubekommen.

Natürlich funktionierte auch Micks restlicher Körper nicht so wie bei den meisten Menschen. Dennoch war nicht viel nötig, um herauszufinden, was er wollte. Man musste nur darauf achten, wie Mick mit den Fingern schnippte oder die Augen bewegte.

Außerdem konnte Roy ein wenig Übung im Umgang mit Messer und Gabel durchaus gebrauchen. Überwiegend jedoch fand er die Gesellschaft ohne gezwungene Unterhaltung schön. Bei Mick konnte er einfach gesellig schweigend sitzen, wodurch eine kleine Blase des Friedens in der Kneipe entstand. Vielleicht könnten sie bei Gelegenheit sogar mal Dame miteinander spielen.

Die Chefin – eine stämmige Frau mit strenger Stimme und steifem Rücken – brachte eine Portion Hühnernuggets und ein Getränk zum Tisch.

„Für dich, Mister", sagte sie. „Mick ist wohl noch mit seiner Mahlzeit beschäftigt. Stimmt's, Schatz?" Bei den letzten Worten änderte sich ihr nüchterner Tonfall und vermittelte reine Liebe.

Und verdammt. Einen Moment lang hörte Roy im Kopf die Stimme seiner eigenen Mutter. Aus der Zeit, bevor es bergab gegangen war. Für sie, für ihn, für seinen jüngeren Bruder.

Raymond, hätte er beinah in sein Glas geflüstert.

Und auf einmal zogen Erinnerungen eine schmerzliche Schleife durch seinen Kopf. Daran, wie er Raymonds geschundenen Körper am Fuß der Klippe gefunden, festgehalten und sich innig gewünscht hatte, es wäre nicht wahr. Daran, wie die Tränen seiner Mutter zu einem unverständlichen Lallen verkommen waren, als sie wieder zur Flasche gegriffen hatte. An den Klang seiner eigenen hohlen Schritte, als er all den Gesichtern ausgewichen war, die besagt hatten: *Du Armer.*

Als das Echo des Schreis seiner Mutter durch seine Gedanken dröhnte, zuckte er zusammen. *Warum hast du nicht auf deinen jüngeren Bruder aufgepasst?*

Und warum hast du es nicht?, hätte ein Teil von ihm gern zurückgebrüllt. *Warum hast du uns nie so versorgt, wie es andere Mütter tun?*

Stattdessen hatte er mehr und mehr Zeit in Wolfsgestalt verbracht. Er hatte sich zunehmend von der Achterbahnfahrt des Lebens als Mensch entfernt und ein einfacheres, sorgenfreieres Dasein begonnen, das er allein bestritten hatte.

Nur ein Dasein, tönte es warnend aus seinem Hinterkopf. *Kein Leben. Kein richtiges.*

Roy umklammerte sein Glas fester. Dann spähte er zu Rita – dem lebenden Beweis dafür, dass selbst die widrigsten

Umstände die meisten Mütter nicht davon abhielten, sich liebevoll um ihre Kinder zu kümmern. Sein Blick wanderte weiter zu Andie, die bewies, dass Hoffnung die schlimmsten Neigungen der Menschheit überwinden konnte.

Etwas von der Verbitterung in seiner Seele löste sich auf und gab den Platz für Schöneres frei.

Er drehte das Glas und starrte auf die nassen Ringe, die es hinterließ. War er wirklich bereit, darauf zu vertrauen, dass ihm das Schicksal gute statt schlechte Karten austeilte?

Vielleicht, denn bisher verlief der Abend nicht annähernd so turbulent, wie er es bei Yvettes Ankündigung, ihn in eine Kneipe mitzunehmen, befürchtet hatte. Ohne Andie hätte er sich an der Schwelle dagegen gesträubt. Aber da sie sich in der Kneipe aufhielt... Tja. Jedenfalls hatte Roy ein wenig Frieden gefunden – und vielleicht sogar einen neuen Freund.

Als sich Andie einige Stunden später räusperte und sich mit leiser Stimme an ihn wandte, verdreifachte sich sein Puls abrupt.

„Ich bin hier bald fertig. Yvette hat gesagt, du könntest eine Mitfahrgelegenheit nach Hause brauchen."

Sein innerer Wolf wurde so aufgeregt, dass er kaum ein ersticktes „Ja, bitte" herausbrachte.

Bald musste ein relativer Begriff sein, denn es dauerte fünfundvierzig Minuten, bis die Kneipe endlich die Pforten schloss. Sobald Andie zu Ende aufgeräumt hatte, verschwand sie im Hinterzimmer und kam Sekunden später mit ihren Schlüsseln und ihrer Jacke wieder heraus.

Roys Herz setzte einen Schlag aus, denn er durfte zusammen mit ihr aufbrechen.

„Tschüss, Rita. Tschüss, Carla." Andie winkte. „Bis demnächst."

„Danke, Liebes. Und du pass auf dich auf, Roy." Rita deutete mit den Fingern. „Du bist hier jederzeit wieder herzlich willkommen."

Roy wusste nicht recht, was er darauf erwidern sollte, also nickte er nur, bevor er sich an Mick wandte.

„Danke für die Gesellschaft. Bis zum nächsten Mal?"

Micks Lippen verzogen sich und bildeten seine Antwort. *Bis zum nächsten Mal.*

„Tschüss, Mick", rief Andie auf dem Weg zur Tür.

Roy folgte ihr hinaus in die frische Nachtluft. Einen Moment lang stand er still und atmete durch. Irgendwie hatte er sich an die stickige Atmosphäre drinnen gewöhnt. Nun jedoch schloss er draußen die Augen und saugte die kühle, saubere Luft tief ein.

Auch Andie verharrte, und einige Herzschläge lang fühlte es sich genau wie an den Abenden an, die sie zusammen an ihrem Felsbrocken verbrachten. Nur diesmal waren sie beide in menschlicher Gestalt.

Die Stille fühlte sich so rein und süß an, dass sich Roy fragte, ob Andie es auch wie eine natürliche Erweiterung der Zeit empfand, die sie bereits miteinander verbracht hatten – und auf die hoffentlich noch eine Menge folgen würde.

Ein ganzes Leben, flüsterte sein Wolf.

Andie rührte sich, und als Roy die Augen öffnete, sah sie ihn an.

„Ich schwöre, ich kenne dich irgendwoher", flüsterte sie.

Er schluckte schwer. Was sollte er darauf erwidern?

„Ich schwöre, ich kenne dich auch", sagte er schließlich. Obwohl er eigentlich meinte: *Wir sind uns schon oft begegnet, und ich denke, tief in deinem Inneren weißt du es.*

Der Wind spielte mit Andies langem Haar, und Roy überkam das Verlangen, es der Brise gleichzutun. Ihr Blick hob sich, bis er sich fragte, ob sie sich auch vorstellte, mit den Fingern durch sein Haar zu fahren. Dann geriet sein Blut in Wallung, weil sich ihre Aufmerksamkeit auf seine Lippen heftete.

Die Welt verschwamm ein wenig, nur Andie nahm er messerscharf wahr. Roy konnte bereits spüren, wie sanft ein Kuss mit ihr wäre. Wie süß. Wie perfekt. Sie müssten sich nur beide noch ein wenig vorbeugen und...

Die Tür der Kneipe schwang auf, und zwei Männer stolperten laut lachend heraus.

Andie räusperte sich und trat zur Seite. „Mein Pick-up steht da drüben. Der silberne Toyota."

Ihre Stimme klang wieder nüchtern, obwohl er vermeinte, ein leichtes Zittern darin wahrzunehmen. Fühlte sie sich genauso aufgekratzt wie er?

Schon bald rollten sie über den Highway, die Fenster einen Spalt geöffnet, damit die Nachtluft den an ihrer Kleidung haftenden Kneipengeruch wegwehen konnte.

„Danke", murmelte Andie wie aus dem Nichts.

Verwirrt blinzelnd sah er sie an.

„Dafür, dass du dich zu Mick gesetzt hast. Das hat Rita viel bedeutet, und ich wette, Mick hat sich auch darüber gefreut", erklärte sie.

Roy blinzelte abermals. Warum dankte sie ihm dafür, dass er sich auf den einzigen friedlichen Platz in der Kneipe begeben hatte?

Andie steuerte den Wagen um eine enge Kurve vom Highway in Richtung der ruhigen Straße zur Ranch. Die Reifen wurden auf dem Schotteruntergrund lauter und sorgten für eine einlullende Geräuschkulisse.

„Wie läuft es bei der Arbeit?", erkundigte sich Andie. „So weit, so gut?"

Er nickte. „So weit, so gut."

„Was ist mit Brady? Behandelt er dich anständig?"

Roy zuckte mit den Schultern. Falls sie *mit Würde und Respekt* meinte, dann nein. Dazu war Brady schlichtweg nicht fähig. Andererseits ließ er Roy in der Regel in Ruhe sein Werk verrichten, nachdem er ihm barsch Anweisungen erteilt hatte. Das fand Roy völlig in Ordnung.

„Passt schon", murmelte er.

Als Andie um die nächste Kurve bog, verfinsterte sich ihre Miene beim Anblick der Reklametafel am Straßenrand.

Lazy Q Ranch, stand darauf in riesigen Lettern im Westernstil. Darunter folgte in kleinerer Schrift: *Sichern Sie sich eine Parzelle im Paradies.* Und ganz unten: *Grundstücke von ein bis fünf Morgen im Herzen der Wildnis Arizonas.*

Das war der ursprüngliche Text gewesen. Darüber hatte jemand mit roter, zerlaufender Farbe die Warnung gesprüht: *Skinwalker-Territorium. Betreten auf eigene Gefahr.*

„Skinwalker. Schon wieder", brummelte Andie.

Roy wartete mit angehaltenem Atem auf mehr, doch Andie fuhr nur düster schweigend weiter.

„Glaubst du daran?", fragte er.

Sie warf einen Blick zu ihm. „An Skinwalker?"

Als er nickte, starrte Andie eine Weile auf die Straße.

„Ich glaube an Beweise", verkündete sie schließlich. Ihr Blick schweifte über die Landschaft, und sie schürzte die Lippen, bevor sie fortfuhr. „Aber ich bin schon lang genug hier draußen, um zu wissen, dass die Ureinwohner etliche Kenntnisse hatten, die uns sogar heute noch fehlen." Ihre Stimme senkte sich zu einem ehrfürchtigen Flüstern. „Das ist immer noch so, nur die meisten Leute hören ihnen nicht zu." Dann umklammerte sie das Lenkrad fester und straffte die Schultern. „Trotzdem finde ich in diesem Fall andere Erklärungen plausibler."

Er legte den Kopf schief. „Was zum Beispiel?"

„Zum Beispiel diesen ausgebüxten Kasuar. Er könnte die Ziegen zerfleischt haben."

Roy hatte die Geschichte von dem Kasuar gehört. Aber er bezweifelte, dass ein großer Vogel, und mochte er noch so wild sein, eine so bedrohliche, bösartige Aura versprühen würde, wie er sie in jener Nacht wahrgenommen hatte.

„Hinzu kommt das Geheul, das die Leute gemeldet haben", sprach Andie weiter. „Das könnte von Kojoten stammen. Oder es ist alles nur ein Fake."

„Ein Fake?"

Andie nickte grimmig. „Von Naturliebhabern inszeniert, um potenzielle Käufer abzuschrecken, damit das Land unverbaut bleibt. Oder sogar Lügen, die von den Bauunternehmern selbst für kostenlose Publicity verbreitet werden." Sie seufzte. „Unter dem Strich verheißt alles Ärger." Dann ließ sie den Wagen ausrollen und schaute auf.

Roy folgte ihrem Blick, und sein innerer Wolf schnupperte. Was stimmte nicht?

Es schien alles in Ordnung zu sein. Andie lehnte sich nur auf das Lenkrad und spähte zu den Sternen empor. Ein verhaltenes Lächeln umspielte ihre Lippen. Ein wenig Anspannung floss aus ihr ab und glättete die Falten auf ihrer zerfurchten Stirn.

So wunderschön hier draußen, stellte er sich vor, von ihr zu hören.

Er wedelte mit dem Schwanz. Oder – hoppla, in menschlicher Gestalt hatte er ja keinen. Zumindest keinen, mit dem er wedeln konnte wie ein Wolf. Jedenfalls führte ihn der Gedanke zurück zu ihren gemeinsamen Zeiten an Andies Felsbrocken. Nur sie, er und die Wüste, die sich meilenweit um sie herum erstreckte.

Und auf einmal gingen Fantasien mit ihm durch. Er träumte davon, Andie zu seinem Lieblingsaussichtspunkt auf der höchsten Mesa der Gegend mitzunehmen. Sie und er, Seite an Seite in Wolfsgestalt trottend. Oben würden sie sich so nah nebeneinander auf die Hinterläufe setzen, dass sich ihre Seiten berührten. So nah, dass er es fühlen und nicht hören könnte, wenn sie das Kinn heben und mit ihm heulen würde.

Er schwankte leicht hin und her, wie er es tun würde, wenn er seinen Teil des Duetts sänge.

Als Roy schließlich die Lider öffnete, tat Andie es ihm gleich, und einen Herzschlag lang wähnte er sich in seiner Fantasie. Dieses verhaltene Grinsen. Dieses Leuchten in ihren Augen, das besagte: *Ist die Welt nicht wunderschön?*

Dann knackte etwas im Gebüsch, und sie wirbelten beide herum.

„Ein Hase", murmelte Andie, als ein Schatten durchs Gestrüpp huschte.

Roy holte tief Luft und verbarg die Wolfskrallen, die er auszufahren begonnen hatte.

Mist. Er war unvorsichtig geworden. Das war nicht gut.

Als Andie den Pick-up wieder in Bewegung setzte, starrte er geradeaus und hielt sich vor Augen, was er zu tun hatte. Die Gefahr aufspüren. Sie töten oder verjagen. Erst dann könnte er zum zweiten Schritt seines Plans übergehen – Andie irgendwie für sich gewinnen und ihr die ganze Wahrheit erzählen. Die Lüge beenden, dass Roy und Buck zwei getrennte Wesen waren statt einer einzigen einsamen Seele.

„Da wären wir", murmelte Andie, als sie an der Abzweigung zur Lazy Q Ranch ausrollte und anhielt.

Roy spähte an ihr vorbei. Die schwache Beleuchtung der Schlafbaracke schimmerte eine Viertelmeile weiter.

Seit einer Woche wohnte er dort, ohne sich an der spartanischen Ausstattung zu stören. Plötzlich jedoch überkam ihn das heftige Verlangen, mit zu Andie nach Hause zu fahren. Nicht wegen der Annehmlichkeiten, sondern um bei seiner Gefährtin zu bleiben.

Ja, brummte sein innerer Wolf. *Bei meiner Gefährtin bleiben.*

Andie schluckte schwer, und er hätte schwören können, dass sie dasselbe dachte, ihr das Herz bis in den Hals schlug und in ihrer Seele solche Sehnsucht loderte, dass es schmerzte.

Bleib bei mir, stellte er sich ihr Flüstern vor. *Komm mit zu mir und füll diese Leere aus.*

Kurz bebten Andies Lippen, dann jedoch reckte sie das Kinn so vor wie in der Nacht, in der sie ihn beinah verhaftet hätte.

„Gute Nacht, Roy."

Ihre Stimme klang sanft, aber entschlossen. Mit schmerzender Brust stieg er aus dem Pick-up. Sein innerer Wolf heulte auf.

„Gute Nacht, Buck", meinst du, flüsterte das Tier. *Bitte sag es. Nur einmal.*

Roy sehnte sich danach, ihr reinen Wein darüber einzuschenken, wer und was er war. Aber wie sollte er es ihr erklären?

Der Wolf, der dich regelmäßig besucht... das bin ich. Ich liebe dich, Andie. Mehr als alles andere. Mehr als die offenen Weiten. Und weißt du was? Ich denke, du liebst dasselbe wie ich... und vielleicht sogar mich.

Er schluckte die Worte hinunter und zwang die Beine, ihn steif die Straße hinunterzutragen.

„Gute Nacht", rief er, fest entschlossen, nicht zurückzuschauen.

Er spürte ihren Blick. Würde sie es sich anders überlegen?

Als sie leise das Wort ergriff, wirbelte er hoffnungsvoll herum.

„Ich danke dir." Ein Lächeln begleitete ihre leise Stimme, und wieder sickerte ein wenig Hoffnung in seine Seele.

„Nein, ich danke dir", gab er gedämpft zurück.

Dann wandte er sich wieder der Schlafbaracke zu und verdoppelte seine Entschlossenheit. Vielleicht nicht sofort. Vielleicht nicht mal bald. Aber eines Tages würde er seine Gefährtin irgendwie für sich gewinnen.

Kapitel 12

Zu Roys Überraschung wurde der in der Bar verbrachte Abend der erste von mehreren weiteren. Warum? Weil es dort nicht so unerträglich war, wie er ursprünglich gedacht hatte. Weniger, weil er sich wieder an den Umgang mit Menschen gewöhnte, sondern mehr, weil er so Andie im Auge behalten konnte.

Natürlich konnte er das in den meisten Nächten auch, indem er sie in Wolfsgestalt bei ihrem Felsbrocken besuchte. Aber die als Mensch mit ihr verbrachte Zeit schürte sein Verlangen nach mehr. Der Haken war nur, dass sie diesem Teil seiner selbst nicht traute.

Trotzdem, meinte sein innerer Wolf dazu.

Erschwerend kam hinzu, wie unangenehm er es fand, sie zu belügen, ob er in Wolfsgestalt eingerollt zu ihren Füßen kauerte oder sie aus sicherer Entfernung in der Kneipe beobachtete.

Ich bin Roy, aber auch Buck, wollte er so gern sagen.

Aber könnte er die Worte je wirklich aussprechen?

Er konnte nur abwarten. Und deshalb fand er sich nach einem weiteren anstrengenden Arbeitstag im *Lone Wolf* wieder, wo er bei Mick saß und mit ausdrucksloser Miene das Spiel auf dem großen Fernseher mitverfolgte. Diesmal Basketball.

Wie zuvor hatte Yvette ihn auf dem Weg woandershin in der Kneipe abgesetzt. Die Frau beschäftigte auf einmal irgendein neues Projekt. Statt ihn abends zu sich einzuladen, um ihr zu helfen – wohl ihre Umschreibung dafür, ihn im Auge zu behalten –, ließ Yvette ihn im *Lone Wolf* zurück, wann immer Andie dort eine Schicht hatte. Dann eilte sie wieder davon zur irgendeiner geheimen Mission, die sie nicht verraten wollte.

„Ich rette die Ranch. Du wirst schon sehen." Mehr sagte sie nie darüber.

Roy hatte keine Ahnung, was sie damit meinte, aber gut. Selbst für menschliche Verhältnisse strotzte Yvette vor verrückten, unnötig komplizierten Plänen.

Roy saß da, drehte sein Wasserglas und beobachtete ruhig die Anwesenden im Lokal. Andie stand gelassen und effizient hinter der Theke und ließ sich von den ruppigen Cowboys an der Bar nichts gefallen. Gelegentlich begegnete ihr Blick dem seinen. Dann stieg sein Herzschlag jedes Mal sprunghaft an.

Du starrst mich an, hatte sie an dem ersten Abend vor einer Woche gesagt.

Ja, das tat er wohl. Aber wenn Andie ihn nun dabei erwischte, verzogen sich ihre Lippen zu einem verhaltenen Lächeln. Auch Roy hatte eines aufgesetzt, das jedoch verblasste, als jemand zwischen sie trat und ihm die Sicht versperrte.

Mit einem leisen Knurren ging er wieder dazu über, die Gäste zu beobachten. Zwar entdeckte er keine Anzeichen auf Ärger, dennoch regte sich warnend ein sechster Sinn.

Wovor warnst du mich? hätte er eine Stunde später am liebsten gebrüllt, als das Gefühl immer noch nicht nachgelassen hatte.

Und zack. In dem Moment öffnete sich die Eingangstür. Ein Mann trat ein, und Roy erstarrte.

Seine Nasenflügel blähten sich, sein innerer Wolf knurrte. *Stanton?*

Niemand sonst fiel er auf, Roy dafür umso deutlicher. Es war unmöglich, nicht zu bemerken, dass ein anderer Gestaltwandler sein Revier betrat.

Ja, sein Revier. *Streng genommen* mochte das *Lone Wolf* nicht zu seinem Hoheitsgebiet gehören, doch mittlerweile fühlte es sich eindeutig so an.

Roy kannte das Gesicht des Mannes, obwohl es sich verändert hatte, denn er hatte Stanton seit Jahren nicht mehr gesehen. Und er hätte nichts dagegen gehabt, wenn es so geblieben wäre. Aber da stand er und ragte hoch auf. Nicht mehr so dürr wie früher, aber genauso selbstsicher.

Stanton ließ den Blick der gewittergrauen Augen durch die Kneipe wandern, bis er bei Roy hängen blieb. Roy sträubten sich die Nackenhaare, als hätte ihm jemand die Mündung einer

Pistole an die Stirn gesetzt. Dann verstärkte sich das Gefühl, denn Stanton grinste und schlenderte auf ihn zu.

„Na so was. Hallo." Der Mann ließ sich an dem Tisch nieder, den sich Roy mit Mick teilte.

Stanton schenkte Mick nicht wirklich Beachtung. Zwar sah er ihn flüchtig an, allerdings eher so, wie man eines dieser seltsamen Gemälde von Picasso betrachten würde, bei denen die Nasen von Menschen nicht recht zu den Augen passen wollten. Wie ein Blick auf einen Gegenstand, nicht auf einen Menschen oder ein lebendes, atmendes Wesen.

Roy straffte die Schultern und lehnte sich nach rechts, um Mick abzuschirmen.

„Lange nicht gesehen", fuhr Stanton fort.

Der Kerl war ein, zwei Jahre jünger als Roy, aber er gebärdete sich wie jemand, der älter und weiser war und höher am Totempfahl prangte. So war Stanton schon immer aufgetreten – außer in der Nähe des Alphas des Twin Moon Rudels, des alten Tyrone, der sich aufplusternde junge Trottel nie geduldet hatte.

Und *junger Trottel* entsprach haargenau dem, was Stanton gewesen war. Er war nie zufrieden gewesen, hatte immer Ärger angezettelt, war jedoch schlau genug gewesen, um die Schuld jemand anders in die Schuhe zu schieben.

Roy siedete innerlich. Mehrmals war er selbst dieser *jemand* gewesen. Er und sein jüngerer Bruder.

„Ist es dir gut ergangen?", laberte Stanton weiter, als hätte Roy ihn zu einer Unterhaltung ermutigt, statt sich inständig zu wünschen, der Kerl würde Leine ziehen.

Als Rita vorbeihastete und Stanton bemerkte, verblasste ihr mütterliches Lächeln. Ihr Blick besagte nicht: *Ich kenne dich.* Eher auf vernichtende Weise: *Ich kenne deinesgleichen.*

Roy kratzte sich an der Stirn. Ihn widerte der Gedanke an, Rita – oder schlimmer noch, Andie – könnte glauben, er wäre mit einem Typen wie Stanton befreundet.

Und verdammt. In dem Moment schaute auch noch Andie mit düsterem Blick und zu Schlitzen verengten Augen herüber.

„Weißt du, ich denke immer noch manchmal an deinen Bruder", fügte Stanton beiläufig hinzu. „Was für eine Schande. Der

Bursche fehlt mir irgendwie."

Mir auch, Arschloch, hätte Roy beinah gezischt. *Mir auch.*

Stattdessen stimmte er ein tiefes, gefährliches Knurren an. „Was willst du hier?"

Entweder verstand Stanton den Wink mit dem Zaunpfahl nicht, oder er ignorierte ihn einfach. Der Mann grinste nur.

„Ach, weißt du, ich war zufällig in der Gegend." Dann lehnte er sich zurück, gab der Kellnerin ein Zeichen und fuhr mit etwas leiserer Stimme fort. „Ich habe gehört, dass Ty neuerdings das Sagen hat. Der alte Tyrone hat sich endlich zur Ruhe gesetzt – wurde auch verdammt noch mal Zeit." Stanton lachte leise. „Tatsächlich spiele ich mit dem Gedanken, dort vorbeizuschauen."

In Roys Kopf bimmelten Alarmglocken. Stanton war mehrmals gefährlich nah dran gewesen, aus dem Rudel verstoßen zu werden. Vielleicht war das auch letztlich passiert, nachdem Roy gegangen war. In dem Fall würde Stanton nicht willkommen sein. Und trotz seines ungezwungenen Tons verriet das Feuer in seinen Augen, dass er darauf brannte, jemanden herauszufordern.

Vielleicht Ty, den neuen Alpha des Rudels?

Roy war nie in Versuchung gewesen, zur Twin Moon Ranch zurückzukehren. Aber selbst aus der Ferne hatte ihn das Gefühl beschlichen, dass sein früheres Rudel stetig stärker – und friedlicher – geworden war. Anscheinend leistete Ty gute Arbeit. Warum also Wellen schlagen?

Stanton beugte sich näher. „Was ist mit dir? Nie in Versuchung gewesen, zurückzukehren?"

Roy runzelte die Stirn. Nein. Und schon gar nicht in der Absicht, die Stanton anzudeuten schien – um Unruhe zu stiften.

Tja, viel Glück dabei. Ty Hawthorne war das mächtige Oberhaupt eines mächtigen Rudels. Daran würde sich Stanton die Zähne ausbeißen.

„Komm schon. Oder traust du dich nicht?" Stanton grinste, als ob seine dämlichen Herausforderungen zu guten Zeiten gehörten, die sie miteinander erlebt hatten.

Nur traf das nicht zu. Es rief nur eine weitere düstere Erinnerung wach.

Die Kellnerin Carla kam zum Tisch, bevor Roy eine Antwort herauspressen konnte.

„Was kann ich dir bringen?"

Stanton ließ ein breites Grinsen aufblitzen. „Devil's Springs Wodka."

„Hat das Zeug nicht um die 80 Prozent Alkoholgehalt?" Lachend schüttelte Carla den Kopf. „So was Starkes haben wir hier nicht. Das Beste, was ich anbieten kann, ist ein Stoli."

Stanton schnaubte. „Der ist nur halb so stark."

Carla zuckte mit den Schultern. „Tja, was anderes haben wir nicht."

Stantons Miene verfinsterte sich. Ein gefährliches Leuchten flammte in seinen Augen auf. Er konnte es nicht leiden, ein Nein zu hören.

Roys Blick brannte sich in Stantons Gesicht. Plötzlich war er überzeugt davon, dass der Kerl aus dem Rudel verstoßen worden war. Dann knurrte er leise warnend.

„Na schön." Stanton entließ Carla mit einer Handbewegung und wandte sich mit einem belustigten Grinsen wieder Roy zu. „Du meine Güte. Ich habe dich gar nicht so... so..." Während er nach den richtigen Worten suchte, ließ er den Blick durch die Kneipe wandern und verharrte, als er Andie entdeckte. „...so leidenschaftlich in Erinnerung."

Die Behaarung an Roys Armen verdichtete sich, als sein Wolf an die Oberfläche drängte. Nur mühsam konnte er das Tier unter Kontrolle behalten.

Gut, dass sich Mick an der Stelle zu Wort meldete. Undeutlich zwar, trotzdem verstand Roy, worauf er hinauswollte.

Bleib ruhig, Mann, vermittelte Mick.

Roy schenkte seinem Freund ein Lächeln, bevor er sich wieder Stanton zudrehte, dessen Miene besagte: *Du bist echt mit dem Typ befreundet? Und was zum Geier hat er eigentlich gesagt?*

Roy schnaubte. Ja, er war mit Mick befreundet. Und was Mick gesagt hatte...

Roy durchbohrte Stanton mit einem vernichtenden Blick.

Verschwinde aus meinem Revier, verlangte sein innerer Wolf knurrend.

Stanton stand auf. Sein Grinsen dabei vermittelte, dass er das Sagen hatte, obwohl er derjenige war, der den Rückzug antrat.

„Ich will meinen Drink da drüben, Süße", rief er Carla zu.

Sie ist nicht deine Süße, wäre Roy beinah herausgerutscht.

Mick gab einen Laut von sich, der Ähnliches vermittelte und Roy nur zusätzlich anstachelte. Schließlich kehrte er Stanton den Rücken zu und erhob sein Glas mit Wasser, um mit Mick anzustoßen.

„Tja, dem haben wir die Meinung gegeigt", verkündete er.

Mick grinste breit und nippte, als Roy den Strohhalm an seine Lippen führte.

Und ob wir das haben, besagte sein triumphierender Blick.

Kapitel 13

Die nächste halbe Stunde lang beobachtete Roy mit Argusaugen, wie Stanton durch die Kneipe schlenderte, sich zu verschiedenen Leuten an die Tische setzte und neben einem Einzelgänger an der Bar Platz nahm. Jedes Mal blieb Stanton eine Weile, grinste und plapperte laut – so laut, dass Roy es hören konnte, auch wenn er nicht jedes Wort verstand. Jeder, den er mit seiner Gegenwart behelligte, unterhielt sich anfangs mit ihm und lachte, doch immer schlug die Stimmung nach einer Weile um, bis sie die Köpfe zusammensteckten und murmelnd über irgendetwas klagten.

Nach und nach verdüsterte sich die Atmosphäre in der gesamten Kneipe. Statt bei dem Basketballspiel im Fernsehen zu jubeln, buhten die Gäste bei jedem Fehlwurf. Statt unbeschwert über die Arbeit, das Zuhause und die Freizeit zu plaudern, wurde über Steuern, Stadtmenschen und den Wetteransager geflucht. Rita kam öfter als sonst aus der Küche und sah sich besorgt um. Andie und sie wechselten mehrmals einen Blick, bevor beide Frauen nickten, als hätten sie sich in einer Geheimsprache miteinander verständigt.

Rita regelte die Beleuchtung heller, und Carla änderte die Auswahl der Songs. Zwar dudelten immer noch Songs über einsame Cowboys, aber weniger tragisch und mit mehr Happy Ends.

Roy behielt Stanton im Auge. Anscheinend änderten sich die Menschen nie. Der Kerl hatte immer ein Händchen dafür gehabt, Unfrieden zu stiften und Ärger anzuzetteln.

Schon bald entwickelten sich die ersten hitzigen Diskussionen. Zu dem Zeitpunkt lehnte Stanton neben einem alten Flipper an der Wand und nippte unbekümmert an einem Drink.

Roy runzelte die Stirn, als aus dem Nichts eine undeutliche Erinnerung in seinem Gedächtnis auftauchte. Er hatte diesen selbstgefälligen Ausdruck schon einmal in Stantons Visage gesehen. Aber wann? Und warum?

Er umklammerte sein Glas fester. Das gehörte zu den Problemen, wenn man so viel Zeit in Wolfsgestalt verbrachte. Das Gespür für Zeit und Ort geriet durcheinander. In der vergangenen Woche hatte er sich des Öfteren dabei ertappt, wie er auf eine Schaufel gestützt an einem Zaun gestanden und nicht gewusst hatte, wie lange er sich schon an dem Ort befand oder warum. Andere Male fiel ihm beim Rückblick auf einen Tag auf, dass darin Lücken klafften, als wären Teile davon, was er wann, wie und wo getan hatte, einfach ausgelöscht.

Nun rieb er sich das Kinn, während er versuchte, die Erinnerung aus dem Dunst hervorzuzerren. Dann jedoch schob auf der anderen Seite der Kneipe ein Mann brüllend seinen Stuhl zurück. Auch die Gäste am Nebentisch sprangen auf, verärgert über ihre verschütteten Getränke. Einer von sechs versuchte, den ersten zu beruhigen, die anderen fünf hingegen schürten seine Wut nur zusätzlich. Stimmen und Fäuste wurden erhoben, und gleich darauf brach eine vollwertige Schlägerei aus.

„Oh nein, das könnt ihr knicken." Rita stürmte herbei, ein Tablett wie einen Schild im Anschlag.

Roy warf einen Blick dorthin, wo Stanton gestanden hatte, aber der Mann war bereits verschwunden. Die Eingangstür schwang gerade zu, und ein kalter Luftzug wehte herein.

Im Nu schwoll die Zahl der Wutentbrannten auf ein Dutzend an, und sogar die wenigen Friedensstifter wurden in die Keilerei verstrickt. Rita verlangte lauthals, dass sie aufhören sollten, doch trotz ihrer strengen Stimme einer Lehrerin alter Schule breitete sich der Kampf weiter aus.

Kurze Zeit später flog die erste Flasche, und Glas zerbarst. Ein Stuhl folgte, und Gebrüll beherrschte das Lokal. Eine Handvoll Gäste eilte wie panische Schafe zur Tür, die meisten jedoch blieben, feuerten die Raufenden an oder mischten selbst mit.

„Verdammt", stieß Andie hervor, während sie Gläser und Flaschen in Sicherheit brachte.

Roy sprang auf und wollte losstürmen, um seine Gefährtin zu beschützen. Aber Mick schwenkte die Arme und gab einen Laut von sich, der Roy erstarren ließ.

„Mist." Er verharrte und überlegte, dann duckte er sich, als eine Flasche in seine Richtung flog.

Sein Bauchgefühl verlangte von ihm, Andie zu verteidigen. Gleichzeitig schienen sich alte Rudelinstinkte zu regen, denn er brachte es nicht über sich, von Micks Seite zu weichen. Und was war mit Rita, die sich mitten im Getümmel befand?

Abwägend betrachtete Roy die Entfernung zur Theke. Das Beste wäre wohl gewesen, Micks Rollstuhl in die Sicherheit des Hinterzimmers zu schieben. Nur hatte sich die Keilerei inzwischen so weit ausgebreitet, dass sie den Weg dorthin versperrte.

„Aufhören! Sofort!", dröhnte Andie mit ihrer autoritären Stimme einer Polizistin. Sie stand verwegen am Rand der Schlägerei, zerrte Männer auseinander und schob andere zur Tür.

Roy nickte bei sich. Seine Gefährtin konnte eindeutig auf sich selbst aufpassen. Er musste bei Mick bleiben.

Nur war das leichter gesagt als getan, denn die Schlägerei rückte näher und näher zu ihnen. Ein Stuhl landete vor seinen Füßen, eine weitere Flasche schoss an seinem Kopf vorbei.

Rasch verschob er den Tisch und die Stühle, um Mick besser abschirmen zu können, dann baute er sich vor der kleinen Festung auf. Seine Haltung warnte die Kämpfenden davor, sich ihnen zu nähern.

Niemand tat es – jedenfalls nicht direkt. Allerdings versetzten zwei große, klobige Kerle einem dritten einen Stoß, und er wankte vor Roy. Die beiden anderen setzten nach, stürmten dem Mann hinterher. Roy senkte die Schulter, rammte einen der beiden und schob ihn zurück.

Dann griffen drei andere Kerle an. Fäuste flogen, Ellbogen wurden ausgefahren, Tritte landeten schmerzhafte Treffer. Roy teilte zwar mehr aus, als er einsteckte, aber er konnte nicht verleugnen, dass er an mehreren Stellen dumpfe Schmerzen wahrnahm. Außerdem spürte er, wie ihm klebriges Blut über die Stirn lief.

Sein Hauptproblem jedoch bestand darin, seinen inneren Wolf im Griff zu behalten.

Mach sie fertig! Töte sie!, wütete das Tier in ihm. *Beschütze mein Rudel und meine Gefährtin.*

Ein weiterer Angreifer tauchte nur wenige Zentimeter vor seinem Gesicht auf. Er riss einen Arm hoch, um einen Schlag abzublocken, der ausblieb. Stattdessen flog nur einen Fingerbreit entfernt etwas durch die Luft, das sie beide ablenkte.

„Was zum Teufel war das?", brummte der Unbekannte.

Roy drängte ihn mit einem Schlag zurück, der seine Faust schmerzte, bevor er über die Schulter spähte – und die Augen weit aufriss. Mick wirkte weder überfordert noch verängstigt. Eher triumphierend. Als Roy sah, wie Mick nach einer weiteren der auf dem Tisch verstreuten Gabeln griff, grinste er.

„Danke für die Rückendeckung."

Damit wandte er sich wieder dem Gefecht zu, und das Tohuwabohu ging weiter. Jedes Mal, wenn die Keilerei in seine Richtung wogte, drängte er sie zurück und hatte Mühe, sein inneres Tier zu zügeln.

„Bleib weg von dem", warnte ein Typ einen anderen und wich vor Roy zurück. „Der ist irre."

Roy schnaubte. *Er* sollte verrückt sein? Nicht sie? Nicht die außer Rand und Band geratenen Männer, die jedes Mal wieder anstürmten, kaum dass er eine Welle der chaotischen Keilerei zurückgedrängt hatte? Mittlerweile waren einige so aufgestachelt, dass sie geradezu nach den härtesten Gegnern suchten. Den anscheinend viele in Roy sahen.

Die wollen einen Kampf? Den können sie haben, kam mit einem streitlustigen Knurren von seinem inneren Wolf.

Indes hielt Andie mit Stößen, Tritten und Gebrüll die Streithähne von der Bar fern, wo Dutzende Flaschen schimmerten und geradezu darum bettelten, im Gefecht benutzt zu werden. Der Schaden, der im offenen Raum der Kneipe entstand, war harmlos im Vergleich zum Wert des hinter der Theke gelagerten Alkohols, der in die Tausende ging. Allem Anschein nach gelang es Andie, ihre Stellung zu verteidigen.

Natürlich, kam grinsend von Roys innerem Wolf.

Die Zeit verschwamm wie immer, wenn es heftig wurde. Irgendwann ertappte sich Roy dabei, wie er einem Angreifer einen Stuhl aus den Händen riss. Als er dem Mann damit eins überbraten wollte, erschütterte ein Donnerschlag die Kneipe. Alle Anwesenden erstarrten abrupt.

„Das reicht!", brüllte Rita.

Sie hielt ein altes Gewehr im Anschlag und zielte damit über die Köpfe der Kämpfenden. Von der Mündung kräuselte sich Rauch und betonte, dass sie es ernst meinte.

„Ihr Typen seid eine Schande!"

Geradezu schlagartig verflog die Bösartigkeit, die von den Streithähnen Besitz ergriffen hatte. Alle sahen sich nur noch verlegen um.

„Und jetzt raus aus meinem Lokal!" Rita untermauerte die Worte mit einem Durchladen des Gewehrs.

Andie deckte ihr den Rücken mit einem todbringenden Blick, und Roy stimmte ein tiefes, wölfisches Knurren an.

Ein paar der Männer brummelten, einer schubste einen anderen. Größtenteils jedoch war der Bann gebrochen, und die Leute trotteten hinaus. Einige gaben leise grummelnd allen außer sich selbst die Schuld, während eine Handvoll aufrichtig zerknirscht wirkte.

„Tut mir leid, Rita", murmelte einer. „Irgendwie ist es wohl aus dem Ruder gelaufen."

Rita bedachte ihn mit einem gnadenlosen Blick. „Was du nicht sagst. Sieh dir an, was ihr mit meiner Kneipe gemacht habt!"

Zertrümmerte Stühle übersäten den Boden. Tische waren umgekippt. Bier und Schnaps hatten Lachen gebildet, in denen Glasscherben glitzerten, die vielleicht wie Diamanten ausgesehen hätten, wären sie nicht über zerkratztes Linoleum verstreut gewesen.

Aber zum Glück erwies sich Andie als ebenso unversehrt wie Mick.

Nachdem die letzten Rowdys gegangen waren, knallte Andie die Tür mit Nachdruck zu. Dennoch blieb Roy auf der Hut, während Rita zu Mick eilte, um nach ihm zu sehen. Er konnte nicht anders. Als er sich mit dem Handrücken über die Stirn wischte, hielt er inne und betrachtete eine Weile sein Blut.

Sein Wolf seufzte. *Das haben wir davon, dass wir uns mit Menschen abgeben. Weißt du jetzt wieder, warum wir ursprünglich gegangen sind?*

Wusste er, aber ein Blick auf Andie erinnerte ihn daran, warum er zurückgekehrt war. Und als sie mit besorgtem Blick auf ihn zukam, wusste er außerdem, dass er genau da war, wo er hingehörte.

„Oha. Geht es dir gut?" Zart legte sie die Hand auf seine Wange.

Trotz der allmählich einsetzenden Schmerzen und der im Lokal angerichteten Verwüstung lächelte Roy. Eine kleine Berührung seiner vom Schicksal für ihn auserkorenen Gefährtin, und schon breitete sich eine behagliche Decke des Friedens über ihn aus.

Langsam hob er die Hand zu ihrer Schulter und betete, sie würde sich nicht abwenden. Tat sie auch nicht, und das Gefühl von Frieden explodierte zu einem gleißenden Freudentaumel. Roy brachte keinen Ton über die Lippen. Er flüsterte nur innerlich.

Jetzt schon, meine Gefährtin. Jetzt schon.

Kapitel 14

Während des Chaos der Schlägerei war Andies Herzschlag nicht höher gestiegen, als wäre sie gemächlich joggen gewesen. Immerhin gehörte es mit zur Polizeiarbeit, ruhig und gefasst zu bleiben.

Allerdings hatte sie definitiv nicht mit ihrer Reaktion gerechnet, als sie Roy danach sah. Sie fiel völlig anders aus als bei den flüchtigen Blicken während der Rauferei. Dabei hatte Roy einen unüberwindlichen Wall vor Mick gebildet. Da es nun vorbei war, hatte sie Zeit zum Durchatmen, und alles verlangsamte sich.

Alles bis auf ihr Herz, das ihr plötzlich bis in den Hals schlug. Blut von Roys Stirn lief ihm über die Wange und tropfte auf sein Hemd.

Sie musste an sich halten, um nicht zu ihm zu stürmen und ihn in die Arme zu schließen. Irgendwie war es ihr gelungen, sich im Griff zu behalten und halbwegs gefasst aufzutreten.

Oha. Geht es dir gut?

Das klang nicht allzu panisch, oder? Und wie sie seine Wange anfasste – das diente lediglich dem Untersuchen auf weitere Verletzungen, richtig?

Allerdings hämmerte ihr Herz dabei wie wild, ihre Kehle fühlte sich staubtrocken an, und in ihren Augen brannten plötzlich Tränen.

Gut, dass Rita in dem Moment an ihr vorbeitrat und Roy auf den Rücken klopfte. „Dafür bin ich dir was schuldig, mein Junge." Nachdem die ältere Frau rasch nach Mick gesehen hatte, ließ sie den Blick über das Schlachtfeld ihrer Kneipe wandern und seufzte. „Könnte wohl auch schlimmer sein."

Andie ließ ein freudloses Lachen vernehmen. „Wie? Indem es auch noch regnet?"

Über den alten Scherz hatten sie schon etliche Male geschmunzelt, nur im Augenblick war Andie überhaupt nicht danach zumute. Zwei Zentimeter weiter, und die Scherbe, die Roys Stirn aufgeschlitzt hatte, wäre in seinem Auge gelandet.

Ihre Brust zog sich zusammen. Sie zwang sich, tief durchzuatmen. Andie war im Einsatz schon zu allen möglichen blutigen Tatorten gerufen worden. Es gab keinen vernünftigen Grund, warum ihr ein kleiner Schnitt so zu schaffen machte.

„Nein, aber es hätte genauso schlimm sein können wie beim letzten Mal." Rita rückte sich einen Stuhl zurecht, bevor sie sich neben ihrem Sohn niederließ und sich ein Lächeln abrang. „Durch eure Hilfe ist es dazu nicht gekommen. Danke." Sie sah erst Andie in die Augen, dann Roy. „Euch beiden."

Ja, hätte Andie gern zu Roy geflüstert. *Danke.*

Stühle schrammten über den Boden, als die drei letzten Gäste mit dem Aufräumen begannen – die drei Stammgäste, die vorhin so zerknirscht dreingeschaut hatten. Roy setzte dazu an, ihnen zu helfen, doch Rita schüttelte den Kopf.

„M-m. Mick und ich beaufsichtigen sie. Du, mein Junge, musst selbst in Ordnung gebracht werden." Dann gab sie Andie einen Wink. „Bring ihn ins Hinterzimmer und benutz den Erste-Hilfe-Kasten, ja?"

Ein gefährliches Knistern durchzuckte Andie. Was lächerlich war. Immerhin war sie keine in einen Jungen verknallte Schülerin an der Highschool. Sie war eine erwachsene Frau und Polizistin, die nie etwas oder jemanden an sich heranließ.

Außer vielleicht Roy. Gelegentlich.

Na schön, eigentlich immer. Und vor allem im Augenblick.

„Sicher", murmelte sie und bemühte sich um einen unbekümmerten Ton.

Schon komisch, wie Roys Augen zu leuchten schienen. Richtig zu leuchten, wie durch Sonnenlicht fließender Honig. Wahrscheinlich lag es nur am Licht einer der baumelnden Lampen.

Sie führte Roy im Zickzack zwischen umgestürzten Tischen und Glasscherben hindurch weg. Schließlich gelangten sie durch die Küche ins Hinterzimmer.

Roy blieb stehen und sah sich um.

„Ich weiß." Andie seufzte und rückte einen Stapel Papier zurecht, den Rita als ihren schiefen Turm von Pisa bezeichnete. Im Hinterzimmer sah es aus, als hätte die Schlägerei darauf übergegriffen.

„Rita versucht zwar immer, den Rückstand beim Papierkram aufzuholen, aber... Na ja..." Andie verstummte und ließ die Unordnung für sich selbst sprechen.

Sie zog einen Hocker herbei und bedeutete Roy, sich zu setzen, bevor sie ins Badezimmer eilte, um den Erste-Hilfe-Kasten zu holen. Schließlich fand sie ihn hinter einer Vorratspackung Toilettenpapier, die größer als ein Reisekoffer war.

„Hab ihn", verkündete sie und bemühte sich, unbekümmert zu klingen, als sie an Roys Seite zurückkehrte.

Kurz sah er ihr in die Augen, bevor er den Blick zu Boden richtete, und ihr sechster Sinn verriet ihr, dass sein Herz genauso schnell schlug wie ihres. Denn hui... Um ihn zu verarzten, musste sie ziemlich nah an ihn heran.

Schön nah, ertönte eine tiefe, ferne Stimme in ihrem Kopf.

Sie blinzelte die Vorstellung weg, sie könnte Roys Gedanken hören.

„Sag es mir einfach, wenn es wehtut." Damit beugte sie sich zu ihm hinab und wischte ihm mit einem warmen, feuchten Tuch das Blut aus dem Gesicht.

Er nickte knapp, obwohl sie wusste, dass er es nicht tun würde. Roy gehörte zu diesen taffen Cowboys, die nicht mal bei einem Blinddarmdurchbruch Schmerz zugeben würden.

Andie holte tief Luft und fuhr mit dem Tuch über sein Kinn. Und stellte sich dabei ganz und gar nicht vor, wie es sich anfühlen würde, dasselbe mit der bloßen Hand zu tun... oder mit den Lippen.

Sie schluckte. Nein, das stellte sie sich in keiner Weise vor. Und wenn es noch so sinnlich wäre.

Stattdessen wischte sie von einem Ohr zur kantigen Kieferpartie bis hinunter zum Kinn und von dort auf der anderen Seite wieder hoch. Der Stoff verhedderte sich leicht in der dünnen

Schicht der Bartstoppeln, und hoppla – plötzlich verrutschte er so, dass ihr Finger die weichere Haut seiner Wange streifte.

„Tut mir leid", murmelte sie.

Verdammt, ihre Hand fühlte sich so zittrig an, wie ihre Stimme klang. Hastig zog Andie sie zurück und überspielte es mit: „Hoppla. Bin wohl noch ein bisschen fahrig von der Rauferei."

Wieder geflunkert, aber das wusste Roy ja nicht.

Oder verflixt. Vielleicht ja doch, denn das Funkeln in seinen Augen besagte: *Fahrig? Du? Lass dir was Besseres einfallen.*

Aber sie fühlte sich *wirklich* so, was nur alles verschlimmerte. Ihre Gedanken überschlugen sich, während sie überlegte, wie sie der von ihm ausgehenden Anziehungskraft widerstehen sollte. Vielleicht wäre sie auf eine Lösung gekommen, wenn ihr Herz mitgeholfen hätte, statt sich an der Aussicht auf etwas leicht Gefährliches und total Verbotenes zu erfreuen.

Warum verboten? fragte ein Teil von ihr schnippisch.

Ein Dutzend möglicher Antworten schwirrten ihr durch den Kopf, eine lahmer als die andere.

Verboten, weil sie ihn um ein Haar verhaftet hätte. Andererseits hatte er sich als anständiger Mensch erwiesen. Verflixt.

Verboten, weil sie Männern abgeschworen hatte. Aber das war damals gewesen, als sie keinen gewollt hatte.

Verboten, weil sie sich nur wenige Schritte von einer offenen Tür entfernt befanden und man sie vielleicht sehen könnte.

Trotz allem sank sie tiefer und tiefer in einen traumähnlichen Zustand, als hätte das Schicksal ihren Körper gekapert und ließe sie nur vom Rücksitz aus zusehen.

Sie rückte noch näher zu Roy und verlangsamte die Bewegungen, bis sie in die Gefilde einer *sinnlichen Massage* abzugleiten drohten und mit medizinischer Versorgung kaum noch etwas zu tun hatten. Ihr Arm streifte seinen, ihr Haar fiel über ihre Schulter. Langsam zog sie einen Stuhl zu sich und setzte sich nah neben ihn. So verführerisch nah, dass ihr Oberschenkel den seinen berührte. Seine Brust hob und senkte sich mit jedem Atemzug tief, nur Zentimeter von ihr entfernt. Und seine Lippen...

Unter dem Vorwand, den Waschlappen auszuspülen, zuckte sie zurück. Aber schon bei dieser winzigen Trennung schrie ihre Seele auf, und sie kehrte die Bewegung schnell wieder um. Nach einem weiteren tiefen Atemzug begann sie, behutsam den Bereich um den Schnitt herum zu säubern.

Gleich darauf hielt sie inne und schaute finster drein. „Mir stinkt zwar, dass du verletzt worden bist, aber wenn ich daran denke, dass es auch Mick hätte treffen können…“

Roys Blick verdüsterte sich. „In der Hinsicht sind Menschen ziemlich schrecklich.“

Komisch, wie fremdartig *Menschen* bei ihm klang.

Andie säuberte ihn weiter, bevor sie abermals innehielt. „Was ist?“

Er hatte sie angesehen. Unverhohlen und mit einer Frage im Gesicht.

Roy musterte sie noch etwas länger, bevor er das Wort ergriff. „Hast du es nicht allmählich satt?“

Andie wartete. Was satt?

Er machte eine ungewisse Geste. „Ständig die schlimmsten Seiten der Menschheit zu sehen. Bei deinem Job, meine ich.“

Sein Tonfall legte nahe, dass er *das Schlimmste* für die Norm hielt. Andie lehnte sich zurück und überlegte.

Ja, manchmal fühlte sie sich durch ihre Arbeit verhärtet. Was beispielsweise ihr blockiertes Libido bewiesen hatte – zumindest, bis Roy aufgetaucht war. Aber im Großen und Ganzen…

Sie schüttelte den Kopf. „Manchmal ist das Schlimmste nötig, um das Beste aus den Menschen hervorzukehren. Hat zumindest mein Vater immer gesagt.“

Roy schaute ein wenig ausdruckslos drein, also deutete sie in Richtung der Geräusche fegender Besen in der Kneipe. „Wie bei Evan und den anderen, die Rita beim Aufräumen helfen. Oder bei Carla – sie hatte eine Heidenangst, trotzdem hat sie die Stellung gehalten.“ Kurz verstummte sie, bevor sie flüsternd hinzufügte: „Oder so, wie du dich für Mick eingesetzt hast.“

Roy lächelte. „Weißt du, Mick hat auch seinen Teil beigetragen.“

Schmunzelnd stellte sie sich vor, wie Mick eine Gabel wie einen Dolch umklammerte. „Wie gesagt – schlimme Dinge können das Beste aus Menschen hervorkehren."

Zum ersten Mal an jenem Abend... Nein, Moment. Zum ersten Mal *überhaupt* lächelten Roy und sie sich gegenseitig offen an.

Und wow. Das Schlimmste konnte tatsächlich das Beste in Menschen zum Vorschein bringen, denn sein Lächeln ließ sie erstrahlen und wärmte nicht nur ihren Körper, sondern auch die frostigsten Teile ihrer Seele.

Dann leckte sie sich wie beim Pendant eines Freudschen Versprechers über die Lippen und beugte sich wieder vor. „Machen wir das sauber."

Sie ließ sich Zeit dabei, das Blut von seiner Stirn zu beseitigen. Wahrscheinlich zu viel Zeit, aber egal. Schließlich wollte sie nicht, dass sich die Wunde entzündete, richtig? Und dass sie bei der Arbeit seinen sauberen, holzigen Duft einatmen konnte, betrachtete sie einfach als erfreuliche Begleiterscheinung.

Zu Beginn hatte Roy den Blick auf den Boden gerichtet. Mittlerweile spürte sie ihn auf ihrem Knie... Ihrem Arm... Sogar im Gesicht, zumindest in einigen flüchtigen Momenten, die Andie wie ein heimlicher Kuss erregten.

Kuss...

An so etwas sollte in einer derartigen Lage eigentlich nicht denken. Aber es ließ sich unmöglich verhindern. Es lag etwas Magisches in der Luft. Etwas, das alle Wirren von zuvor vergessen ließ und durch das Gefühl ersetzte, sich an ihrem liebsten Ort und in ihrer liebsten Zeit zu befinden.

Ein Bild zog durch ihren Kopf. Es zeigte Buck und sie an dem Felsbrocken hinter ihrem Haus mit funkelnden Sternen und Kometen am Himmel.

Auch durch ihr Blut rasten Kometen, ausgelöst von einer wilderen Seite ihrer selbst, die sich lange, sehr lange nicht mehr bemerkbar gemacht hatte.

Ja, was sie gerade verspürte, ähnelte stark dem wohligen Frieden, der sie mit Buck an ihrem Felsbrocken überkam. Das Gefühl, endlich jemanden gefunden zu haben, mit dem sie sich der Welt stellen konnte. Einen Gefährten. Einen Freund. Einen Seelenverwandten.

Einen Geliebten, flüsterte der unanständige Teil ihres Verstands.

An der Stelle bemerkte sie, dass ihr Oberschenkel Roy nicht nur streifte, sondern sich langsam zwischen seine Knie schob. Und oh – Roy hatte zuvor mit der Hand das eigene Bein umklammert. Nun ruhte sie seitlich an ihrem Stuhl in der Nähe ihrer Rippen.

Näher, sehnte sich ein Teil von ihr. *Bitte...*

Sie fuhr mit ihren Zuwendungen fort, doch irgendetwas anderes übernahm die Kontrolle. Jede Bewegung bekam einen sinnlichen Unterton, und ihr Kopf leerte sich bis auf wenige Gedanken.

Geliebter. Näher. Bitte.

Bevor sie wusste, was sie tat, lag ihre freie Hand zärtlich auf Roys Wange. Und plötzlich hatte er nicht mehr nur den Waschlappen sanft auf der Stirn, sondern auch ihre Lippen auf der Wange.

Der Stuhl knarrte, als sie nach vorn rutschte und sich langsam auf seinen Schoß schob. Gleich darauf küssten sie sich. Ein echter Kuss von Mund zu Mund, zärtlich und verheißungsvoll wie ein Geburtstagswunsch. Schmetterlinge flatterten durch Andies Seele, und zum ersten Mal an jenem Abend verlangsamte sich ihr Herzschlag, statt sich zu beschleunigen.

Roy schob die Arme um ihre Taille. Und als sie sich Brust an Brust berührten, pochte ihr Herz im Gleichschlag mit seinem. In ihren Ohren ertönte ein leises Summen, begleitet von einer fernen Stimme, die flüsterte: *Schicksal.*

Schicksal? Eher Wahnsinn. Was machte sie denn?

Dann hallten Schritte durch den Nebel, der ihre Sinne dämpfte. Und so natürlich, wie Roy und sie miteinander verschmolzen waren, rutschten sie wieder auseinander. Als Rita hereinkam, sich eine Kehrschaufel schnappte und zurück hinausstapfte, waren sie wieder nur Krankenschwester und Patient. Aber sie sahen sich dabei weiterhin gegenseitig in die Augen, und ihre Herzen schlugen aufeinander abgestimmt.

Andie schluckte und bemühte sich, ruhig zu bleiben. Jahrelang hatte sie ihre Gefühle vor anderen verborgen – und vielleicht auch vor sich selbst. Nun jedoch ließ sie die Zugbrücke ihrer inneren Festung herunter. Langsam und knarrend, eingerostet nach den Jahrzehnten, die sie nicht benutzt worden war. Aber sobald sie ein wenig Schwung aufgenommen hatte, brach ein Lächeln aus Andie hervor, strahlend wie die aufgehende Sonne.

Sie hielt es kurz aufrecht, dann biss sie sich auf die Unterlippe. „Kommt nicht jeden Tag vor, dass eine Kneipenschlägerei zu einem Kuss führt, oder?"

Roy verzog die Lippen und schüttelte den Kopf.

„Sicher nicht, aber ich bin froh darüber."

Während sie ihn musterte, rang sie mit sich. Wo zog man die Grenze zwischen *schicklich* und *Verlangen?* Wie weit sollte sie sich vom Selbstschutz dorthin wagen, sich etwas zu gönnen?

Rita kam erneut herein, griff sich eine Mülltüte und brummelte auf dem Weg hinaus: „Was für ein Abend."

Roys Augen leuchteten, und Andie hätte beinah gesagt: *Amen.*

Schließlich lächelte sie und flüsterte die einzigen Worte, die ihr verwirrter Verstand zustande brachte.

„Was für ein Abend."

Dann sah sie Roy noch etwas länger an, und wow. Wie von selbst platzten einige weitere Worte aus ihr hervor.

„Ich denke, es ist an der Zeit, nach Hause zu fahren." Einen Herzschlag danach fügte sie im Flüsterton hinzu: „Zu mir, meine ich."

Als seine Augen funkelten, schlug ihr Innerstes aufgeregt Purzelbäume und malte sich aus, wie die Nacht enden könnte.

Roys zurückhaltendes Lächeln wurde eine Spur breiter. „Ja, bitte."

Kapitel 15

Roys Herzschlag raste, als Andie die Tür zu ihrem Haus aufschob. Der trockene Geruch der über der Schwelle aufgehängten Chilis zog an ihm vorbei und wurde vom Kräuteraroma des Lavendels auf dem Küchentisch ausgeglichen. Dann stieg ihm Andies natürlicher Duft in die Nase – eine Mischung aus jeder erdenklichen Wüstenblume, ein bisschen wie das Muster auf dem handgewebten Teppich am Boden. Jeden einzelnen dieser Eindrücke prägte sich Roy ein, weil sie sich wie ein wahr werdender Traum anfühlten. Er war der *Ewigkeit* mit seiner Gefährtin einen Schritt näher gekommen.

Ja, nur ein kleiner Schritt von Tausenden über felsiges, gefährliches Terrain, aber immerhin. Er würde nehmen, was er kriegen konnte.

Andie ließ die Schlüssel auf einen Tisch fallen und machte nahtlos damit weiter, womit sie draußen aufgehört hatten – indem sie ihn gegen die nächstbeste Wand drückte und seine Lippen mit einem leidenschaftlichen, hungrigen Kuss eroberte. Verlangen durchströmte ihn, als sich ihre Finger verflochten und sich ihre Körper aneinanderschmiegten.

Gefährtin, brummte sein Wolf freudig. *So schön, endlich meine Gefährtin zu berühren.*

Überwältigend schön kam der Sache näher – im wahrsten Sinn des Wortes, denn Roys gesamte Selbstbeherrschung ging über Bord. Andie schien es ähnlich zu ergehen. Jeder Quadratzentimeter ihres Körpers strahlte Sinnlichkeit aus. Ihre Zunge tänzelte über die seine, zeichnete ihn wie eine Wölfin ihren Gefährten.

„Das ist verrückt", stieß sie halb flüsternd, halb wimmernd hervor, als sie beide eine Pause zum Durchatmen einlegten.

Roy schüttelte den Kopf, weil es nicht verrückt war. Sondern Schicksal. Ein wenig so, als spielte man mit sauer verdientem Geld in der Lotterie – ein bisschen tollkühn, aber voller grenzenloser Möglichkeiten.

„Vielleicht auch nicht", brachte er nur hervor, bevor er sich einem weiteren Kuss hingab.

Wäre Selbstbeherrschung ein Kabel aus acht oder neun Drähten, so hatte er noch vier übrig… drei… zwei…

Als Andie seine Hände höher zu ihren Brüsten führte, zerriss der vorletzte, und er hing plötzlich am buchstäblichen seidenen Faden.

Während der Fahrt im Pick-up hatte ihn das stete Versiegen der Kontrolle beunruhigt. Mittlerweile erregte es ihn genauso sehr wie das Gefühl ihrer weichen, geschmeidigen Haut an seiner. Ihren Duft fand er so herrlich, dass er beinah gestöhnt hätte.

Andie kam ihm dabei zuvor und neigte den Kopf zurück.

„Ja…" Ihre Stimme klang belegt. Ihre Hände führten seinen Kopf tiefer… tiefer… „Genau da…"

Roy verlor sich dermaßen in den berauschenden Empfindungen, dass ihm die Zeit entglitt wie des Öfteren, wenn er sich voll und ganz ausschließlich auf eine Sache konzentrierte. Beispielsweise beim Jagen in Wolfsgestalt – dabei ging es praktisch um Leben und Tod, weil er verhungern könnte, wenn er nicht erfolgreich wäre.

Als er das nächste Mal blinzelte und die Umgebung wahrnahm, hatten sich die Dinge umgekehrt. Andie statt ihm stand mit dem Rücken an der Wand, wo sie erotische Laute von sich gab, während seine Lippen ihre empfindsame Haut verwöhnten. Roy war sich ziemlich sicher, dass sie ihren BH selbst beiseitegeschoben hatte, was er zu nutzen wusste, indem der die Lippen über eine pralle Knospe stülpte.

„So schön", hauchte sie und wölbte sich ihm entgegen.

Jedes Wort, jede Berührung verstärkte das in ihm pulsierende Verlangen. Das Bedürfnis, sie vor Freude zum Heulen zu bringen – und bald darauf selbst zu heulen.

Also küsste, leckte und knetete er ihre Brüste, bis ihre Atemzüge – und seine – in kurzen, flachen Stößen gingen.

„Hör nicht auf. Bitte hör nicht auf“, hauchte sie.

Sein innerer Wolf brummte. *Ich fange gerade erst an, meine Gefährtin.*

Dann lenkte sie seinen Kopf an ihrem Körper hinab und schürte damit die Flammen ihrer beider Begierde.

Ehe sich Roy versah, erlebte er einen weiteren Zeitsprung, und sie lagen nackt im Bett. Die Augenblicke dazwischen waren nicht verloren, sondern wirbelten wie ein verschwommener Traum durcheinander. Roy vermeinte, sich zu entsinnen, dass es mit ihm oben begonnen hatte. Mittlerweile jedoch kauerte Andie entblättert auf ihm und blickte auf ihn herab wie eine Mond- oder Sonnengöttin.

Mond, murmelte sein Wolf, der am Rande das Mondlicht draußen über der düsteren Landschaft wahrnahm.

Andies Gesichtsausdruck wurde entschlossen, als sie über ihn glitt. Und in dem Moment, als sich ihre Körper vereinten...

Ihr tiefes, sinnliches Seufzen, als sie sich auf ihn senkte, besagte alles. Als sie das Kinn nach oben neigte, dachte Roy, sie würde vor schierer Lust den Mond anheulen. Sie tat es nicht, seine animalische Seite schon, zumindest innerlich. Wieder und wieder, während Andie ihn zunehmend tiefer aufnahm, den Kopf weiter in den Nacken legte und bei jeder heißen, gleitenden Bewegung stöhnte.

„So schön...“

Roy stand in Flammen, wandelte auf Messers Schneide zwischen Ekstase und Schmerz. Doch kaum befand er sich bis zum Anschlag in ihr, empfand er nur noch Vergnügen, und ein gleißendes Licht erfüllte seinen Geist. Und als Andie anfing, sich auf ihm zu wiegen...

So schön, wäre ihm um ein Haar stöhnend herausgerutscht.

Nicht nur ihre Hüften bewegten sich. Ihr Oberkörper und ihre Schultern machten in sinnlichen Wellen mit. Sie lehnte sich zurück und verkündete mit einem spitzen Aufschrei, dass sie den perfekten Winkel gefunden hatte. Dann wiegte sie sich weiter, verlangte wortlos, wieder und wieder von ihm ausgefüllt zu werden.

Das Warten auf den perfekten Moment, um in sie zu stoßen, zerfledderte den letzten dünnen Faden seiner Selbstbeherrschung. Aber es lohnte sich, denn wenn er genau den richtigen Zeitpunkt erwischte...

Ekstase, ertönte eine leise, stöhnende Stimme, als Lichter in seinem Kopf tänzelten.

Zum ersten Mal überhaupt verstand Roy die Bedeutung des Worts. Nach dem berauschten Laut zu urteilen, der von Andies Lippen drang, entdeckte sie es ebenfalls gerade zum ersten Mal richtig.

Mehr. Er hätte schwören können, ihr inneres Wimmern zu hören. *Tiefer.*

Er befand sich bereits so tief in ihr, wie es dieser Winkel zuließ. Aber wenn sie sich herumrollten...

Als sie es taten, unterdrückte er ein Geheul. Stattdessen rutschte ihm ein scharfes Zischen heraus. Oben zu sein, verlieh ihm die nötige Hebelwirkung, um noch tiefer zuzustoßen. Und als Andie die Beine um ihn schlang, brüllte das Tier in ihm auf. Dann legte sie die Hände um seinen Hintern, umklammerte ihn und gab das Tempo für noch kräftigere Stöße vor.

Für kurze Zeit behielten sie diesen perfekten Takt bei. Aber je höher sie sich auf dieser berauschenden Welle emporschraubten, desto belangloser schien der Takt zu werden. Das Universum begann, sich um Roy herum zu drehen, als wäre das Bett der Mittelpunkt einer riesigen Zentrifuge, die Andie und ihn zusammenpresste, bis sie keine andere Wahl mehr hatten, als eins zu werden.

Eins. Noch nie zuvor hatten in einem so kurzen Wort so viele Gefühle, so viel Verlangen gesteckt.

Roy knirschte mit den Zähnen, bevor explosiv ein leises Stöhnen aus ihm hervordrang. Andies Schreie wurden zunehmend spitzer, und einen Moment lang stellte er sich vor, sie würden zusammen den Mond anheulen.

Dann folgte ein letzter Zeitsprung, und Roy lag erschlafft, verschwitzt und schwer atmend da.

Ihre Körper strahlten Wärme ab wie glimmende Holzscheite in einem Kamin nach dem Erlöschen der Flammen. Hinzu kam eine süße, sinnliche Befriedigung. Roy ließ die Hände über Andies Rücken wandern... ihren Hintern... ihre Beine. Dabei klammerte er sich an dieses Gefühl von Verbundenheit. Nach und nach verlangsamte sich sein Herzschlag ebenso wie seine Atmung, während sein Geist in einem wohligen Taumel trieb.

Erst als er bemerkte, dass Andie ihn kopfschüttelnd betrachtete, platzte seine Blase schierer Freude.

Es war so weit. Die Polizistin in ihr trat wieder den Dienst an und stellte fest, dass alles ein schrecklicher Fehler gewesen war.

Ihre Lippen bewegten sich wortlos. Ein Knacken kündigte den ersten schmerzlichen Riss in Roys Herz an.

Dann jedoch setzte sie unverhofft ein Lächeln auf. Sie schüttelte zwar weiterhin den Kopf, allerdings wirkte es eher verwundert als bedauernd.

„Was für eine Nacht", flüsterte sie und streichelte mit der Hand über seine Brust. Dann schmiegte sie sich enger an ihn und wiederholte schläfrig murmelnd: „Was für eine Nacht."

Roy atmete tief durch. Heiliger Bimbam. Ja. *Was für eine Nacht.*

Dann zog er ein Laken über sie beide, küsste sie auf den Kopf und flüsterte: „Gute Nacht."

Kapitel 16

Andie erwachte während der Nacht dreimal. Und jedes Mal lief es gleich ab. Als Erstes nahm sie ein tiefes, anhaltendes Gefühl von Frieden wahr. Dann öffneten sich flatternd ihre Lider, und Erinnerungen setzten ein, begleitet von Verblüffung. Dieser heftige, stöhnende Orgasmus – hatte er sie tatsächlich ereilt? Und der Mann, um den sie sich wie eine Boa gewickelt hatte – war das wirklich Roy?

Je mehr sinnliche Einzelheiten sich einstellten, desto weiter klappte ihr Mund auf. Hatten sie es allen Ernstes miteinander getan?

Ja, kam geradezu schnurrend von ihrer erotischen Seite. *Ja, ja und nochmals ja.*

Es war wirklich sie gewesen, die vor Ekstase den Rücken durchgewölbt und den Dachsparren entgegengeschrien hatte. Und wirklich Roy, der sie zugleich kraftvoll und doch auch zärtlich um den Verstand gebracht hatte.

Und oha. Nicht nur bei jenem ersten Mal. Auch beim zweiten Mal mit ihr auf allen vieren. Und beim dritten Mal an der Wand. Dann war das vierte Mal gekommen, wobei sie Roy vorgebeugt geblasen hatte, bevor sie auf ihn geklettert war und ihn erneut wie ein Cowgirl geritten hatte.

Also wow. Es war tatsächlich sie, die sich in tiefer, bis ins Mark reichender Befriedigung aalte.

Dann reisten ihre Gedanken weiter in die Vergangenheit und riefen sich die Nacht ins Gedächtnis, in der sie Roy beinah verhaftet hätte. Seufzend streckte sie sich und rieb ein Bein an seinem. Im Augenblick war sie höchstens in Versuchung, sich selbst zu verhaften, weil sie in seiner Nähe jegliche Selbstbeherrschung verlor.

Ha. Mich wofür verhaften? stichelte ihre sinnliche Seite. *Für eine Kardinalsünde?*

Na ja, es fühlte sich einfach zu gut an, um erlaubt zu sein. Vor allem im Augenblick – ihre zarten, unschuldigen Berührungen nahmen nämlich schon wieder einen zunehmend sinnlicheren Unterton an.

Brandstiftung? kam kichernd von ihrem inneren Wildfang.

Brandstiftung schien zu passen, denn es schien schier unmöglich zu sein, dass man nach bloßen Funken so rasant in Flammen stehen konnte.

Das liegt nur an der Chemie zwischen uns, besagten Roys leuchtende Augen.

Mittlerweile färbten die ersten Strahlen der Morgendämmerung den Himmel. Das schwache rosa Licht fiel sanft auf Roys nackte Haut. Beide lagen ausgestreckt da. Diesmal gingen sie es einigermaßen zivilisiert in der Missionarsstellung auf der Matratze an. Allerdings nicht restlos zivilisiert, weil Roy etwas Wildes, Ungezähmtes an sich hatte, ganz gleich, wie behutsam er sich bewegte oder wie zärtlich er sie danach festhielt.

„Warum muss ich mir ständig vor Augen halten, dass es in Ordnung ist, sich so gut zu fühlen?", flüsterte sie halb in die Laken.

Ihr Geliebter hielt nicht viel vom Reden. Aber die wenigen Worte, die von ihm kamen, trafen den Nagel stets auf den Kopf.

„Weil wir nicht daran gewöhnt sind."

Wir. Nicht *du.* Also fühlte sich auch Roy so – wie ein Tier, das sich nach einem Leben in einem Käfig hinaus auf eine grüne Weide wagt.

Sie strich mit der Hand an seinem Arm entlang, bevor sie den Kopf drehte und ihn küsste. Erst sanft, dann leidenschaftlicher. „Also, daran könnte ich mich glatt gewöhnen."

Schließlich fielen ihr die Augen zu, und sie sank langsam wieder in tiefen, friedlichen Schlaf.

∞∞∞

Als Andie das nächste Mal erwachte, strömte Sonnenlicht durch die Fenster herein, und eine Wiesenlerche zwitscherte ihr zweistimmiges Lied. Auch Andies Herz sang, und sie schmiegte sich enger an Roy.

Dann noch enger, weil es sich neben ihr nach zu viel Platz anfühlte. Gleich darauf streckte sie suchend die Hand aus.

Nichts. Niemand. Kein Roy.

Sie rollte sich zur Seite und sah sich um. Immer noch kein Roy. Aber ihr Haus war klein, hatte nur zwei Zimmer. Also konnte er nicht weit sein. Ihre Nase zuckte. Die Vorstellung, er könnte nackt in der Küche stehen und Kaffee brauen, brachte sie zum Grinsen. Gut, das entsprach vielleicht nicht gerade Roys Stil. Aber träumen durfte man ja.

„Roy?"

Ihre Stimme hallte durch das beengte Zimmer. Sie setzte sich auf und zog die Decke gegen die kühle Luft um sich. Draußen bestäubte Schnee die Umgebung, aber die Kälte, die sie verspürte, reichte tiefer. Sie stand auf, wickelte die Decke wie einen Morgenmantel um sich und tappte ins Wohnzimmer. Der Saum schleifte über den Boden, ein bisschen wie ihr Herz. Wo steckte Roy?

Ihr Mut sank mit jeder verstreichenden Sekunde. Als sie durch die hinteren Fenster zu ihrem Felsbrocken spähte, krochen bereits Schmerz und Kränkung in ihre Seele. Buck und Roy waren die einzigen Seelen, denen sie sich je verbunden gefühlt hatte. Aber auf einmal war sie allein.

Dann zuckte ihre Wange, und ein sechster Sinn bewog sie, sich zum vorderen Fenster umzudrehen – dem, das zur Lazy Q Ranch wies. Obwohl die winterliche Umgebung draußen beschaulich wirkte, stimmte irgendetwas nicht.

Dann versteifte sich ihr Körper, und ihr stockte der Atem. Das Farbenspiel lag nicht nur am morgendlichen Sonnenschein. Es ging von mehreren blinkenden Blaulichtern aus, die den letzten Rest der Freude in ihr auslöschten.

Fünf überstürzte Minuten später hatte sie sich in aller Eile das Gesicht gewaschen, das Haar mit den Fingern gekämmt, sich übertrieben mit Deo eingesprüht und sich in ihre schlichteste Aufmachung geworfen – alles, um eine Nacht mit spektakulärem Sex zu vertuschen. Dann sprang sie ins Auto und raste zur Ranch hinüber. Ihr Magen brodelte. Sie befürchtete das Schlimmste. Was, wenn es irgendwie um Roy ging?

Wie sich herausstellte, war das nicht das Schlimmste.

Wenig später kam sie mit quietschenden Reifen zum Stehen und rannte zu ihren Kollegen – den Officers Hanson, Lee und Chavez. Auf halbem Weg jedoch bremste sie ab und starrte auf den Boden.

Blut. Überall. Es bildete eine dicke Spur von ihren Füßen bis zu den Polizisten und dem grausigen Anblick dahinter.

Andie schluckte und achtete darauf, nicht hineinzutreten.

„Du erinnerst dich bestimmt an Mr. Brady", murmelte Hanson.

Ihr Mund wurde trocken. Brady lag zusammengesunken neben einem alten Rindertrog. Die blicklosen Augen waren im Tod weit aufgerissen erstarrt. Man hatte ihm die Eingeweide ähnlich herausgerissen, wie Andie es schon bei Vögeln gesehen hatte, die Opfer von Katzen geworden waren – obwohl Katzen nicht ganz so brutal vorgingen.

„Ist das nicht der Typ, der bei unserem letzten Besuch hier auf alles und jeden so stinksauer war?", fragte Lee.

„Er sieht immer noch stinksauer aus", brummte Chavez.

Dem musste Andie zustimmen. Brady hatte sich seinen Stil bis zum bitteren Ende bewahrt.

„Diesmal vielleicht zu Recht", merkte Lee nüchtern an.

Andie schürzte die Lippen. Ja, das konnte man wohl sagen.

Sie schaute in Richtung der Schlafbaracke, bevor sie den Blick abrupt wieder davon löste. Dort übernachtete Roy in der Regel. War er am frühen Morgen zurückgekehrt? Hatte er etwas gesehen oder das Verbrechen gemeldet?

Ihre Hände ballten sich zu Fäusten, als sich ein bleiernes Gefühl in ihrer Magengrube einnistete. Roy hätte doch sicher erst sie statt der Polizei verständigt, wenn er Brady so vorgefunden hätte.

Eine Staubwolke entlang der Straße kündigte die Ankunft eines weiteren Fahrzeugs an. Ihr Herz stieg auf – und stürzte wieder ab, denn es handelte sich um Kyle, ihren Partner bei der Polizei. Seine zivile Aufmachung verriet, dass er wie sie nicht im Dienst war.

Andie nickte ihm zur Begrüßung verkniffen zu, dann sah sie sich um und zwang sich, in den Polizeimodus umzuschalten. Nur da Roy mittlerweile all ihre versteckten Leidenschaften entfesselt hatte, erwies es sich als unmöglich, Emotionen zu ignorieren. Wo steckte er? Warum hatte er ihr Bett so früh verlassen? Hatte er in irgendeiner Weise mit diesem Verbrechen zu tun?

Das kann nicht sein, hätte sie am liebsten gebrüllt.

Kyle lauschte aufmerksam, während Hanson schilderte, was sie wussten, so wenig es war.

„Durch den Ärger in letzter Zeit sind nur noch ein paar Rancharbeiter übrig", sagte Hanson. „Einer davon hat ein Geräusch gehört und Meldung erstattet."

Andie sah sich um. Hatte Roy angerufen? Falls ja, wohin war er verschwunden?

„Er hat es als *un grito animal* beschrieben – einen Schrei von einem Tier", steuerte Chavez bei.

Andie runzelte die Stirn. Das klang eher nach José als nach Roy.

„Bin mir allerdings nicht sicher, wie zuverlässig die Beschreibung ist. Der Mann ist überzeugt davon, dass es ein Skinwalker war. Er behauptet, er wäre fast selbst ein Opfer davon geworden. Hat sich im Haus verbarrikadiert. Arivera versucht gerade, ihn herauszulocken."

„Was sagen die anderen Rancharbeiter?", fragte Kyle.

Lee warf einen Blick in sein Notizbuch. „Es gibt nur zwei. Arivera verhört gerade jemanden namens Smitty, aber der hat letzte Nacht so viel gebechert, dass er behauptet, alles verschlafen zu haben. Und so, wie sein Atem riecht, bin ich geneigt, ihm zu glauben." Lee verzog das Gesicht und schaute erneut in sein Notizbuch. „Damit bleibt noch eine Person, die wir bisher nicht ausfindig gemachen haben – ein Kerl namens Rob Taylor."

Andies Herz setzte einen Schlag aus. Beinah hätte sie geflüstert: *Roy.*

„Nicht Rob. Roy", warf Kyle ein, und Andie wirbelte zu ihm herum. Kannte er Roy?

Lee spähte mit zu Schlitzen verengten Augen in sein Notizbuch. „Richtig. Roy Taylor. Ich kann die eigene Schrift nicht lesen. Kennst du ihn?"

Kyle zuckte mit den Schultern. „Ich weiß von ihm."

Andie schluckte. Tja, sie kannte Roy aus nächster Nähe. Aber was sollte sie sagen?

Wieder sah Lee in seiner Mitschrift nach. „Anscheinend ist er ein Einzelgänger."

Das macht ihn noch nicht zum Verbrecher, wollte Andie sagen.

„Ist vor ein, zwei Wochen wie aus dem Nichts aufgetaucht", fügte Hanson hinzu.

Andie ballte die Hände abwechselnd zu Fäusten und öffnete sie. Was sollte sie tun? Was sollte sie sagen?

„Die Wunden sehen aber eher so aus, als hätte ihn ein Tier erwischt, kein Mensch", merkte Lee an.

Chavez lachte. „Vielleicht ein Skinwalker."

Lee zuckte mit den Schultern. „Was ist mit diesem Kasuar? Oder vielleicht mit einem Wolf?"

Andie schlug das Herz bis in den Hals.

Lee ging neben der Leiche in die Hocke. Die anderen brummten Einzelheiten, die ihnen auffielen. Alle bis auf Kyle. Der entfernte sich ein paar Schritte, drehte sich langsam im Kreis und schnupperte dabei – eine der kleinen Eigenheiten, an die sich Andie in den Jahren ihrer Zusammenarbeit gewöhnt hatte. Dann stand er still und starrte zum nächstgelegenen Höhenzug.

Andie folgte seinem Blick, erstarrte und hielt den Atem an.

Buck. Ihre Lippen bewegten sich zwar, doch zum Glück drang das Wort nicht aus ihrem Mund.

Der Wolf spähte von dem Höhenzug herab, so tief geduckt, dass man ihn kaum von der Landschaft unterscheiden konnte. Hätte Andie das Muster seines dunklen Fells nicht so gut gekannt, sie hätte ihn wohl übersehen.

Ihr Herz schlug höher wie immer, wenn sie ihren vierbeinigen Freund sah. Dann ging die Freude in ein banges Gefühl über.

Was trieb der Wolf ausgerechnet zu diesem Zeitpunkt dort?

Er wirkte aufgekratzt – und welches Tier wäre das angesichts der Lichter der Streifenwagen und der Leiche auf der Ranch nicht? Allerdings würden sich die meisten wilden Tiere aus dem Staub machen, statt in der Nähe zu bleiben und zu beobachten.

Lauf, Buck. Versteck dich. Verschwinde von hier, hätte Andie gern gerufen.

Aber das tat Buck nicht. Stattdessen starrte er direkt zu Kyle.

Die anderen Beamten konzentrierten sich indes nach wie vor auf den Leichnam.

„Ein Kasuar hätte ihm das Gesicht, die Arme oder die Brust aufgeschlitzt", sagte Chavez gerade. „Aber da hat er nur oberflächliche Wunden."

Hanson ging näher hin, dann scharrte er mit dem Fuß am Boden. „Abdrücke. Wolfsspuren. Hier."

Andie hätte sich umgedreht, wenn Buck nicht in dem Moment den Blick auf sie gerichtet hätte. Ihr stockte der Atem, und ihr Herzschlag schnellte in die Höhe.

Bitte sag, dass nicht du es warst, Buck. Bitte.

Wie zur Antwort ließ der Wolf den Schwanz hängen. *Solltest du mich inzwischen nicht besser kennen?*

Das tat sie. Glaubte sie zumindest. Dennoch begann sie allmählich zu überlegen, ob sie dem eigenen Urteilsvermögen noch trauen konnte. Über Buck, über Roy... über so Vieles.

Lee fuhr fort und kratzte sich am Kinn. „Sind aber keine Verletzungen, wie man sie von einem Wolf erwarten würde. Und die Spuren sind so schwach, als wäre er einfach vorbeigelaufen."

„Verdammt, vielleicht war es wirklich ein Skinwalker", murmelte Chavez.

„Da sind auch menschliche Abdrücke. Noch dazu barfuß." Hanson zeigte darauf.

Andie erbleichte, als sie daran zurückdachte, wie sie sich kurz zuvor in aller Eile etwas zum Anziehen gegriffen hatte. Mist. Roys Hemd hatte über ihrem gelegen. Auf dem Weg zur Tür wäre sie um ein Haar über seine Hose gestolpert. Was bedeutete, dass er nackt verschwunden sein musste.

Das ergab alles keinen Sinn.

Während sie zu Buck starrte, spürte sie irgendeine Verbindung, doch es gelang ihr nicht, die Puzzleteile zusammenzufügen.

Buck, wollte sie flüstern. *Lauf weg. In Sicherheit. Und Roy, wo auch immer du bist, bitte versprich mir, dass du nichts damit zu tun hast.*

Buck sah ihr mit inbrünstigem Blick in die Augen. So ehrlich, so intelligent. So intensiv.

Andies sechster Sinn regte sich, und plötzlich wurde ihr bewusst, dass Kyle sie beobachtete. Als sie den Blick von Buck losriss, zuckte sie zusammen. Es schmerzte. Sie verspürte tatsächlich Schmerz dabei, sich von dem Wolf abzuwenden. Buck ging es genauso. Das fühlte sie. Aber Kyle starrte sie an, was also sollte sie anderes tun?

Sie räusperte sich und heftete einen mürrischen Blick auf ihn, der besagte: *Was glotzt du so?*

„Barfuß?", setzte Hanson das Gespräch mit den anderen Kollegen fort. „Vielleicht ist jemand aus der Schlafbaracke gekommen, um nachzusehen, was los ist."

„Oder es war der Mörder", meinte Lee.

Chavez schnaubte. „Wenn ein Rancharbeiter seinen Boss umbringen wollte, dann bestimmt nicht so."

Unwillkürlich warf Andie einen weiteren Blick auf die Leiche. Kyle ebenfalls. Einen Moment lang betrachteten sie beide das Blut und die Eingeweide. Dann schaute Andie gerade noch rechtzeitig zum Höhenzug, um den Wolf mit den Ohren schnippen zu sehen.

Vertraust du mir nicht? schien er zu fragen.

Ein Kloß bildete sich in ihrem Hals, und am liebsten hätte sie gebrüllt: *Natürlich vertraue ich dir!*

Aber sollte sie das? Sie war kein kleines Mädchen mehr, das sich der Fantasie hingab, Tiere könnten ihre Freunde sein.

Als Kyle an ihre Seite trat, bleckte Buck die Zähne. Dann wandte sich der Wolf nach einem letzten, traurigen Blick auf Andie ab und verschwand über die Kuppe.

Kapitel 17

Andie riss den Blick von Buck los, bevor Kyle es bemerken konnte. Zu spät?

Ihr Partner legte den Kopf schief. Obwohl er kein Wort von sich gab, stellte er schweigend ein Dutzend Fragen.

„Tja, wir müssen den fehlenden Rancharbeiter aufspüren und sein Alibi überprüfen, falls er eins hat", meinte Hanson.

Andie ballte die Hände zu Fäusten, um zu verbergen, wie sie zitterten. *Sie* war Roys Alibi. Aber Gott. Wie sollte sie das vor den Männern zugeben, mit denen sie zusammenarbeitete?

Andererseits stimmte es und konnte Roy die Haut retten.

Sie schaute zurück zu ihrem Haus. Verdammt, wo steckte er nur?

Wie aus dem Nichts packte Kyle sie am Ellbogen und verkündete: „Wir sehen uns im Haupthaus um."

Andie befreite sich aus seinem Griff und warf ihm einen Blick zu, der besagte: *Ach ja?*

Kyle nickte entschlossen, betrat das Gebäude und marschierte den Mittelgang hinunter. Der dunkelste Teil im Haus. Und mit all den Rehköpfen, Geweihen und Tierfellen an den Wänden nicht unbedingt der einladendste. Schließlich führte Kyle sie auf die hintere Veranda und drehte sich ihr zu.

Sie verschränkte die Arme vor der Brust. „Was ist?"

Wortlos wartete er.

In drei Jahren Zusammenarbeit mit Kyle hatte Andie einiges über den Mann erfahren. Er war ehrlich. Still. Und geduldig. Dadurch gelang es ihm oft, Informationen aus Leuten herauszuholen, indem er einfach ausharrte und sie mit einer Miene ansah, die besagte: *Leg dich nicht mit dem Gesetz an.*

Das konnte man auch zu zweit spielen. Andie verschränkte die Arme fester und starrte finster zurück.

Kyle sah sich um, als wollte er sie daran erinnern, dass sie sich außer Hörweite der anderen befanden. Schließlich ergriff er das Wort. „Du weißt etwas."

Sie achtete darauf, keine Reaktion zu zeigen. Aber wahrscheinlich verriet ihm allein das genug.

„Roy, der Rancharbeiter...", begann er.

„Du hast gesagt, dass du ihn kennst", fiel sie ihm ins Wort und drehte den Spieß um.

„Ich weiß nur von ihm."

„Und was genau weißt du?", fragte sie in entschieden zu defensivem Ton.

Kyle schwieg einige Atemzüge lang. Er schien sich die Worte so zusammenzusuchen wie ein Baumeister seine Zementblöcke, um sie genau richtig zu platzieren.

„Er hat eine Weile auf der Twin Moon Ranch gelebt. Allerdings vor meiner Zeit."

Andies Augen wurden groß. Sie wusste, dass Kyle dort lebte, und sie kannte auch den geheimnisvollen Ruf der als einsiedlerisch geltenden Ranch. In der Stadt kursierten Gerüchte darüber. Man mutmaßte, dass sie eine religiöse Sekte oder eine Bio-Kommune beherbergte. Soweit sie es beurteilen konnte, handelte es sich um anständige, rechtschaffene Leute. Sie konnte sich auch nicht vorstellen, dass sich Kyle auf etwas anderes einlassen würde.

Aber dass Roy dort gelebt hatte... darauf wäre sie nie gekommen.

„Eine Weile?", hakte sie nach.

Kyle nickte. „Ungefähr acht Jahre lang. Seit er vierzehn war."

„Und?"

Langsam fuhr er fort und wirkte dabei zögerlich. „Nichts Ungewöhnliches. Aber davor hatte er es nicht leicht. Seine Mutter hatte haufenweise Männergeschichten..." Kyles Stimme wurde angespannt, was erahnen ließ, wie diese Männer Roy behandelt haben mussten. „Die Ranch hat ihr geholfen, sich zusammenzureißen. Und soweit ich gehört habe, war Roy dort glücklich. Aber dann..."

Andie erbleichte. „Was dann?"

Kyle schürzte eine Weile die Lippen, bis er entschieden hatte, wie er fortfahren würde. „Dann ist es zu einer Tragödie gekommen." Er hob die Hand, bevor Andie nachbohren konnte. „Die Einzelheiten kenne ich nicht. Ich weiß nur, dass er sich danach immer mehr zurückgezogen hat und irgendwann ganz verschwunden ist."

Andie dachte an Roy in der Nacht zurück, in der Yvette und sie auf ihn gestoßen waren. So verloren, so unbeholfen. Wie jemand, der zu lange allein in der Wildnis gelebt hatte.

Dann überschlugen sich ihre Gedanken und ließen im Schnellvorlauf alles Revue passieren, was sich seit der vergangenen Nacht ereignet hatte, die zu einem anderen Leben zu gehören schien. Sie schluckte, als sie sich an das erste Aufblitzen nackter Haut erinnerte – und daran, wie viel mehr sie danach gesehen, berührt und geküsst hatte.

Hitze stieg ihr in die Wangen, und als sie das Wort ergriff, klang ihre Stimme zittrig. „Ist er in letzter Zeit mal auf der Ranch gewesen?"

Kyle schüttelte den Kopf. „Nein, aber die Leute dort würden ihn mit offenen Armen wieder aufnehmen." Er schaute zu dem Höhenzug, hinter dem Buck verschwunden war, und senkte die Stimme. „Sie machen sich Sorgen um ihn."

Wieder fingen Andies Hände zu zittern an. „Sorgen worüber?"

Wieder eine lange Pause, bevor eine seltsame Antwort folgte. „Wohl darüber, dass er schon zu lange allein in der Wildnis gewesen ist."

„Aber er geht ihm doch gut. Er arbeitet hier, geht in die Kneipe..." Die Worte sprudelten aus ihr hervor, bevor sie sich bremste. Hoppla. „Yvette und ich haben ein Auge auf ihn", fügte sie etwas lahm hinzu.

Kyle schürzte abermals die Lippen. Eine gefühlte Ewigkeit später sagte er: „Niemand will erleben, dass er in Schwierigkeiten schlittert, Andie. Wir wollen nur helfen."

Sein Blick bohrte sich in sie.

Schließlich ließ sie die Schultern hängen und rückte damit heraus. „Roy hat Brady nicht umgebracht. Er kann es nicht gewesen sein."

Kyle legte den Kopf fragend schief. *Und das weißt du warum?*

Andie hatte Mühe, ihm in die Augen zu sehen. „Roy war letzte Nacht bei mir."

Kyles Augenbrauen schossen in die Höhe. Einige Herzschläge verstrichen in unangenehmer Stille.

„Die ganze Nacht?", hakte Kyle schließlich nach.

Andie starrte auf ihre Füße, während sie nickte.

„Bis wann?"

„Bis heute Morgen."

Kyle tippte auf seine Uhr, wollte die genaue Zeit.

Und verdammt. Das wusste Andie nicht. Zuletzt geliebt hatten sich Roy und sie gegen vier Uhr morgens. Aufgewacht war sie ungefähr um sechs.

Das ergab zwei Stunden, für die Roy kein Alibi hatte. Mehr als genug Zeit, um zur Lazy Q Ranch zu laufen und Brady zu töten. Aber warum sollte er?

Ihre Gedanken rotierten im Versuch, es in ein positives Licht zu rücken. Vielleicht hatte Roy etwas aus der Schlafbaracke gebraucht. Vielleicht war er mit der Absicht hingegangen, bald zu ihr zurückzukehren. Aber vielleicht hatte er Brady oder Bradys Mörder gesichtet...

Vielleicht war Roy ja der Mörder, besagte Kyles unerbittlicher Blick.

„Wann ist er gegangen, Andie?"

Ihre Wangen loderten. „Irgendwann zwischen vier und sechs."

Kyle schaute über die Schulter und vergewisserte sich, dass sie nach wie vor allein waren. „Also kannst du dir nicht sicher sein, dass er es nicht war."

Am liebsten hätte sie aufgestampft und gebrüllt: *Natürlich bin ich mir sicher!* So etwas würde Roy niemals tun. Das legte allein sein Umgang mit Mick nahe. Aber Beweise...

Hatte sie keine.

„Wo ist der Beweis, dass er es war?", fragte sie barsch. „Im Augenblick haben wir nur Indizien. Unschuldig, bis die Schuld bewiesen ist, richtig?"

Kyle musterte sie eine lange Weile. Schließlich wanderte sein Blick zu den Hügeln.

„Richtig."

∞∞∞∞

Als die Spurensicherung und die Polizeifotografen am Tatort eintrafen, machten sich Lee und Chavez auf den Weg, um Smitty ausführlicher zu befragen, den Rancharbeiter, der behauptete, alles verschlafen zu haben.

Andie verbrachte fast eine Stunde mit José, weil er nur mit ihr reden wollte. Der zu Tode verängstigte Mann brabbelte halb auf Spanisch, halb auf Englisch vor sich hin, während er wild mit den Händen fuchtelte und bizarre Konturen in die Luft zeichnete.

„Lucky und die anderen Hunde haben wie wild gebellt... Ich bin raus, um der Sache auf den Grund zu gehen... Als ich um die Hausecke gebogen bin, habe ich es gesehen." Seine Hände krümmten sich zu Klauen, und er zeigte nach oben. „Skinwalker."

José konnte nicht ansatzweise irgendeinen zeitlichen Ablauf nennen, sondern nur abstruse Formen andeuten, die erst über den Himmel flatterten und dann über den Boden krochen. Andie versuchte bestmöglich, ihm zu folgen, doch nichts davon ergab Sinn.

Außer, es war wirklich irgendeine übernatürliche Kreatur, kam aus einem beunruhigten Winkel ihres Verstands.

Oder auch nur dieser Kasuar, steuerte der vernünftigere Teil bei.

Die Abdrücke um das Haus herum trugen zur Lösung des Rätsels ebenso wenig bei wie José. Durch den trockenen Boden waren nur verschwommene Bremsspuren und unterbrochene Kratzer zurückgeblieben.

Andie schaute auf und schüttelte den Kopf. Natürlich war da nichts. José malte sich durch seine Angst bloß gruselige

Märchen aus.

Andererseits war da jene Nacht, in der sie selbst einen Mordsschreck erlebt hatte. Diese leuchtenden, bösartigen Augen... Das Grauen, das sich angesichts der Gegenwart der unbekannten Erscheinung bleiern in ihrem Bauch eingenistet hatte...

Sie betrachtete die Landschaft, dann kehrte sie zurück zur Schlafbaracke, wo sie José half, ein paar Sachen zu packen. Anschließend verabschiedete sie ihn und Lucky, als die beiden mit einem klapprigen Pick-up zu Verwandten in der Stadt aufbrachen. Traurig winkte sie ihnen nach. Sie stand noch lange da, nachdem das Fahrzeug bereits um die Kurve verschwunden war. Eine trockene Brise säuselte über die zerklüftete Landschaft und ließ die Wüste trostloser und einsamer als zuvor erscheinen.

„Roy...", flüsterte sie und drehte sich langsam im Kreis. „Buck..."

Alle ihre Freunde schienen sie verlassen zu haben.

Andie schluckte schwer und sah sich um. Die Wüste war so wunderschön wie eh und je, und sie war doch extra wegen der Abgeschiedenheit hergezogen, oder?

Trotzdem blutete ihr Herz. Allein zu sein, konnte zwar inspirieren, es konnte sich aber auch sehr leer anfühlen. Vor allem nach den besonderen Augenblicken, die sie mit Roy und Buck geteilt hatte.

Wolken trieben über den Himmel und erinnerten Andie daran, dass Einsamkeit auch ihre Schattenseiten haben konnte.

„Hale", rief Kyle und riss sie damit aus ihren Gedanken.

Rasch drehte sie sich um und verbarg ihre verworrenen Gefühle. „Ja?"

„Sollen wir nach deiner Nachbarin sehen?"

Sie nickte, dann fuhren sie zusammen das kurze Stück zu Yvettes Haus.

„Brady ist tot?", fragte Yvette aufrichtig überrascht.

Sie war in einem Bademantel und flauschigen, katzenförmigen Pantoffeln auf die Veranda getreten, die Frisur ein morgendliches Chaos. Mit verdrossener Miene schüttelte sie den Kopf.

„Tja, verdient hat er es. Und das könnt ihr ruhig ins Protokoll aufnehmen", fügte sie trotzig hinzu. „Der Mistkerl hat jeden von Yavapai bis Coconino County gegen sich aufgebracht."

„Wen genau?", hakte Kyle nach.

Yvette schnaubte. „Wo soll ich anfangen?" Dann jedoch änderte sich ihr Verhalten. „Es sei denn..." Sie musterte sie beiden, bevor sie sich vorbeugte und flüsternd fortfuhr. „Es war der Skinwalker, stimmt's?"

Andie verdrehte die Augen. Weitere Befragungen ergaben, dass Yvette weder etwas gesehen noch gehört hatte. Was nichts an ihrer Überzeugung änderte, dass es der Skinwalker gewesen sein musste.

Als Yvettes Alibi zur Sprache kam – reine Routine, wie Kyle ihr versicherte –, brach die Künstlerin in Gelächter aus.

„Leider habe ich keins, Süßer. Ich war allein zu Hause." Dann wackelte sie mit den Augenbrauen. „Außer in meinen Träumen."

Kyle errötete, stapfte davon und brummelte etwas darüber, sich in der Gegend umsehen zu wollen.

„Schade, dass ich Officer Hottie gestern Nacht nicht bei mir hatte." Yvette schaute Kyle seufzend nach. „Aber ich nehme mal an, er ist glücklich verheiratet." Dann wandte sie sich augenzwinkernd Andie zu. „Wie geht's Cowboy Leckerschmecker?"

Um ein Haar wäre Andie herausgerutscht: *Ich wünschte, ich wüsste es. Irgendwann zwischen vier und sechs Uhr morgens ist er aus meinem Bett verschwunden.*

Stattdessen antwortete sie kurz und bündig.

„Der wird derzeit vermisst. Und gilt als Hauptverdächtiger."

Yvettes Augen wurden groß. „Nein! Das ist unmöglich." Sie deutete mit dem Arm in Richtung der Beamten und des gelben Absperrbands drüben auf der Lazy Q Ranch. „Es war ein Skinwalker. Jeder Trottel könnte dir das sagen. Roy würde so was Kaltherziges nie tun."

Andies Herz zog sich zusammen. Das wollte auch sie glauben, allerdings war sie inzwischen nicht mehr so überzeugt. Laut Kyle hatte sich Roy jahrelang von der Zivilisation ferngehalten. Ein, zwei Wochen anständiges Benehmen bedeuteten längst nicht, dass er sich völlig angepasst hatte und stabil war.

„José behauptet, es hätte ihn auch fast erwischt", fügte Andie hinzu.

„Was?", entfuhr es Yvette schrill. „José? Geht es ihm gut?"

Andie nickte. „Zu Tode erschrocken, aber unversehrt."

Yvette wirkte aufgebracht. „José ist ein Schatz. Warum sollte ihn jemand ins Visier nehmen?" Sie begann, auf und ab zu laufen und murmelte dabei vor sich hin. „Armer José. Armer Roy. Was für ein Schlamassel."

Andie drehte sich den Hügeln zu. Ja, was für ein Schlamassel.

Da weitere Fragen kaum noch neue Erkenntnisse ergaben, brach Andie wenig später mit Kyle auf. Nach einem kurzen Zwischenstopp zu Hause, um zu duschen und sich in ihre Arbeitskleidung zu werfen, stieß sie in der Zentrale in der Stadt zu ihren Kollegen.

Den restlichen Tag verbrachte sie in einem Dämmerzustand. Wo steckte Roy? Was war mit Buck? Die Fragen beherrschten ihre Gedanken, während sie Ermittlungen über Brady und die Ranch anstellte.

Am Nachmittag führten ihre Nachforschungen sie zum *Lone Wolf*. Die Beamten Arivera und Hanson waren bereits dort gewesen und hatten Rita befragt, die völlig entgeistert wirkte.

„Bei ihnen hat es so geklungen, als wäre Roy verdächtig. Wie kann das sein?"

Mick zeigte sich bei der Vorstellung genauso aufgebracht, und Andie konnte wenig tun, um die beiden zu trösten – oder sich selbst.

„Ich habe ihnen nicht gesagt, dass er mit dir weg ist", flüsterte Rita, als wäre ein weiterer Polizist im Raum nebenan. „Wozu auch? Du hast ihn ja nur auf dem Heimweg abgesetzt."

Andie nickte roboterhaft.

Ja, meinte ihr Herz kläglich. *Wozu?*

War alles, was sie mit Roy geteilt hatte, ein Fehler gewesen?

Wie benebelt kehrte sie in die Zentrale zurück, wo sich alle versammelten und ihre Erkenntnisse verglichen.

„Verdammt, ist der angeforderte Experte für exotische Vögel immer noch nicht da?", fluchte der Lieutenant.

„Nein, aber dafür die Medien", sagte ein anderer Officer seufzend. „Sie walzen gerade alle die Geschichte über einen Skinwalker aus."

Chavez schnaubte. „Auf einmal geht die Geschichte um, die Ranch wäre schon seit Jahrhunderten verflucht."

Lee schüttelte den Kopf. „Fast so, als würde jemand vorsätzlich im Wespennest stochern, um Unruhe zu stiften."

Und plötzlich hatte Andie den Kerl im *Lone Wolf* vor Augen, der erst mit Roy, dann mit anderen gesprochen hatte, immer in leisen, verschwörerischen Tönen. Die Stimmung war an dem Abend im Lokal abgestürzt, und wenig später war die Schlägerei ausgebrochen.

Stirnrunzelnd bemühte sie ihr Gedächtnis. War der geheimnisvolle Fremde geblieben oder vor der Rauferei gegangen?

„Leute", blaffte der Lieutenant. „Wir brauchen Beweise. Spuren. Keine Gerüchte." Er ließ einen strengen Blick durch den Raum wandern. „Keine weiteren Zeugen?"

Andies Lippen blieben versiegelt. Noch vor wenigen Stunden war sie mit Roy auf die intimste mögliche Weise verschlungen gewesen. Und nun...

Kyle blickte zu ihr hinüber, aber sie schaute stur geradeaus. Sie hatte keine offizielle Aussage zu Roys Verbleib abgegeben – noch nicht. Was brachte es schon, wenn es ohnehin kein neues Licht auf den Fall warf? Sie hatte kein Alibi für Roy, so sehr sie auch wünschte, sie hätte eines.

Schließlich endete die Besprechung, und Andie bereitete sich zum Dienstschluss auf den Heimweg vor.

„Was für ein Tag." Seufzend schloss Lee seinen Spind ab.

Andie nickte wie benommen. Das konnte er laut sagen.

Und immer noch bestand ihr Gehirn darauf, jedes Teil des Puzzles dreimal umzudrehen und zu versuchen, es irgendwo einzufügen.

„Ich sage, wir fahren rüber zu dieser Künstlerin und lösen den Fall", scherzte Chavez, bevor er Yvettes schrillen Tonfall nachahmte. „Es war ein Skinwalker. Es muss so sein!" Dann benutzte er wieder seine normale Stimme. „Das reicht doch als Beweis, oder?“

Beinah hätte Andie ihn korrigiert, weil Yvette wortwörtlich gesagt hatte: *Es war ein Skinwalker. Jeder Trottel könnte dir das sagen.*

Dann runzelte sie die Stirn. Moment. Zu dem Zeitpunkt am Morgen hatten weder Kyle noch Andie beschrieben, wie brutal Brady zerfleischt worden war, und Yvette hatte den Tatort noch nicht gesehen gehabt. Wie also konnte sie sich so sicher sein?

Einerseits war Yvette schon so lange eine Verfechterin der Skinwalker-Theorie, dass sie darüber eine vorgefasste Meinung hatte.

Andererseits... Was, wenn Yvette mehr wusste, als sie zugab?

Das wollte Andie zwar nicht glauben, aber verdammt. Sie war Polizistin und hatte nicht alles preisgegeben, was sie wusste. Vielleicht verhielt es sich bei Yvette genauso.

Hinzu kam Yvettes Verachtung für Brady. Das mochte kein ausreichendes Motiv gewesen sein, den Mann gleich zu ermorden, aber vielleicht, um etwas zurückzuhalten, das sie wusste.

Dann pflügte Hoffnung über Logik hinweg, und Andies Herz vollführte einen Satz. Yvette hatte von Anfang an eine Schwäche für Roy gehabt. Was, wenn sie etwas gesehen hatte, das Roy entlasten konnte? Beherbergte sie ihn vielleicht sogar gerade bei sich?

Hastig schnappte sich Andie ihre Sachen und eilte los zum Auto.

„Endlich außer Dienst?“, rief Chavez ihr zu, als sie die Ausgangstür aufschob.

Draußen tünchte der Sonnenuntergang den Himmel in die Schattierungen von Blut, und winterliche Kälte sickerte in ihre Knochen.

Andie zögerte.

Außer Dienst? Ja und nein. Einen Besuch hatte sie noch zu absolvieren. Bei Yvette.

Kapitel 18

Je näher Andie nach Hause kam, desto fester umklammerten ihre Hände das Lenkrad. Unterwegs lauschte sie den Sensationsmeldungen der lokalen Radiosender.

„Soeben erfahren wir im Skinwalker-Fall, dass..."

„Die Fahndung nach dem Täter läuft – sofern es überhaupt ein Mensch ist..."

„William Brady war weithin bekannt und beliebt..."

Schnaubend schaltete Andie das Radio aus.

Sie spähte nach oben und hoffte, die Sterne zu sehen. Das hatte ihr Vater ihr immer geraten, und im Augenblick konnte sie ein paar Hoffnungsschimmer und Lichtblicke gut gebrauchen. Allerdings beherrschten drückende Wolken die Nacht. Keine Spur von Sternen.

Sogar die Lichter in ihrem spärlich besiedelten Tal nahm sie nur gedämpft wahr. Drüben auf der Lazy Q Ranch zeichneten sich das Haupthaus, die Schlafbaracke und die Koppeln als schattige Konturen ohne jede Beleuchtung ab. Nur das zeitgesteuerte Licht am Zufahrtstor brannte und erhellte ein längst ausgebleichtes Schild. *Lazy Q Ranch. Erkundigen Sie sich nach Ihrem Stück vom Paradies.*

Mit geschürzten Lippen fuhr sie weiter. Ihr Haus lag genauso düster da. Lediglich ein paar Solar-Gartenlampen spendeten schwaches Licht.

Als sie aus dem Augenwinkel etwas wahrnahm, wirbelte ihr Kopf zu der Anhöhe in der Nähe ihres Zuhauses herum.

„Buck...", flüsterte sie inständig hoffend.

Ihr Herz schlug schneller, doch es war wohl Wunschdenken, denn auch, nachdem sie eine geschlagene Minute lang hingestarrt hatte, offenbarte die Dunkelheit nichts. Kein bei ihrem

Felsbrocken auf sie wartender Buck. Kein Roy auf ihrer Schwelle, der wartete, um ihr zu erklären, wo er gewesen und warum er gegangen war.

Wenigstens brannte bei Yvette, eine halbe Meile weiter, noch Licht. Andie setzte die Fahrt in die Richtung fort und betete, Yvette möge Neuigkeiten über Roy haben – oder zumindest Antworten auf die Fragen, die ihr im Kopf herumgeisterten.

„Yvette?" Wenige Minuten später klopfte Andie an die Tür.

Keine Antwort, was sie die Stirn noch tiefer runzeln ließ.

Sie drehte sich um und ließ den Blick suchend über das Grundstück wandern. „Yvette?"

Nur Grillen zirpten, während sich die langen Grashalme in einer aufkommenden Brise neigten. Irgendwo über den Bergen braute sich ein Unwetter zusammen. Bis zum nächsten Morgen würden die Gipfel wahrscheinlich weiß bestäubt sein.

Andie zog ihre Jacke enger um sich und näherte sich dem Wohnwagen auf dem Hof. Sie zögerte, bevor sie leise rief.

„Roy?"

Sie rechnete nicht mit einer Antwort, was sich durch die Stille der Nacht umso schmerzlicher anfühlte.

Andie ging zurück zum Haus, klopfte erneut und versuchte es dann an der Vordertür.

Abgesperrt. Sie legte die Stirn tief in Falten. Yvette schloss sonst nie ab, nicht mal, wenn sie ausging.

Andie überlegte, welche Möglichkeiten sie hatte, und entschied schließlich, nach Hause zu fahren. Immerhin war sie nicht im Dienst. Das Bett rief nach ihr.

Aber als zu Hause eintraf, den Pick-up parkte und zur Eingangstür ging, flatterte dort etwas. Andie verlangsamte die Schritte und zupfte einen angehefteten Zettel vom Holz.

Müssen reden. Komm heute Nacht zum Bonfire Point.

Zwar fehlte eine Signatur, aber die blumige Schrift und das kunstvolle, handgeschöpfte Papier wiesen eindeutig auf Yvette hin. Andie starrte darauf, bevor sie den Weg durch die dunkle Landschaft antrat.

Bonfire Point lag eine weitere Meile die Straße hinauf, ein Ort, den man auf keiner Karte fand. Warum dort? Warum jetzt?

Andies Herzschlag beschleunigte sich. Vielleicht hatte es etwas mit Roy zu tun. Womöglich hatte Yvette ihn davon überzeugt, unter dem Radar zu bleiben, bis sich die Mordermittlungen auf einen anderen Verdächtigen konzentrierten.

Andies Magen brodelte. Aber was, wenn es keinen anderen Verdächtigen gab?

Sie bretterte die unbefestigte Straße entlang. Ihr Pick-up protestierte bei jedem Schlagloch. Dann wurde sie vor der letzten Kurve langsamer und rollte neben einen rostigen Honda aus, den Stoßstangenaufkleber mit politischen Botschaften und Umweltslogans zierten. Der von Yvette.

Andie stieg leise aus und sah sich um, bevor sie den Weg den Felsen hinauf antrat – dorthin, wo Yvette in den Nächten der Sonnenwende und der Tagundnachtgleiche lodernde Leuchtfeuer entfachte. In dieser Nacht jedoch fehlte von Feuer jede Spur. Andie sah auch weit und breit niemanden, bis sie oben ankam. Dort lief auf dem beengten Terrain eine in ein Indianerschultertuch gehüllte Gestalt auf und ab. Ein Blick auf die unter dem warmen Stoff hervorlugenden Rastalocken verriet Andie, dass es sich um Yvette handelte. Suchend sah sich Andie nach einer zweiten Gestalt um und hoffte, Roy zu entdecken.

Kaum hatte Yvette sie bemerkt, kam sie angestürmt und zog sie in eine wollige Umarmung.

„Puh. Du hast meine Nachricht gesehen."

Andie erwiderte die Geste, bevor sie sich von der älteren Frau löste und sich fragte, was als Nächstes kommen würde.

Yvette biss sich auf die Unterlippe. „Ich brauche deine Hilfe. Könnte sein, dass ich einen schrecklichen Fehler begangen habe."

Andies Augen wurden groß. Herrje. Hatte Yvette etwa Brady umgebracht?

„Ich wollte nur helfen", betonte die Frau. „Um die Bauunternehmer aufzuhalten, verstehst du?"

Andie nickte stumm, wusste nicht, was sie erwidern sollte.

„Aber es ist alles schiefgegangen." Yvette ergriff Andies Hände. „Ich weiß, wer der Mörder ist, aber nicht, wie ich ihn anzeigen kann, ohne selbst in Schwierigkeiten zu geraten."

Andies Puls hämmerte wie wild. Die Erleichterung darüber, dass nicht ihre Freundin Brady umgebracht hatte, hielt sich in Grenzen, denn was, wenn es stattdessen Roy gewesen war?

Es kann nicht Roy gewesen sein, rief ihre Seele.

„Wenn er es herausfindet, bringt er mich auch um", fügte Yvette hinzu.

Bevor Andie etwas sagen konnte, knackte ein Zweig. Beide Frauen wirbelten herum und erblickten wenige Schritte entfernt einen Mann.

„Mist." Yvette packte Andie am Arm. „Stanton."

Andie spähte in die Dunkelheit. Der Mann war schlank, drahtig und kam ihr bekannt vor. Aber woher?

Ein verruchtes Grinsen breitete sich über seine Züge aus. „Begrüßt man so seinen Geschäftspartner?"

„Wir sind keine Partner", fauchte Yvette. „Ich habe dich hergebracht, damit du eine Sache erledigst. Nur eine."

Andie hob beschwichtigend die Hände und ergriff mit ihrer besten Polizistinnenstimme das Wort. „Bleiben wir alle ganz ruhig."

Yvette zeigte anklagend mit dem Finger auf den Mann. „Du solltest den Leuten nur einen Schrecken einjagen."

Der Mann – Stanton – ließ ein schallendes Lachen vernehmen. „Hat doch geklappt, findest du nicht? Sogar du hast Angst."

Yvette reckte das Kinn vor. „Ich fürchte mich nicht vor dir. Aber das meine ist nicht, und das weißt du genau. Brady ist tot. Tot!"

Stanton zuckte mit den Schultern. „Du hast gesagt, ich soll Nägel mit Köpfen machen."

„Ich habe gesagt, du sollst es echt *aussehen* lassen, verdammt. Das ist ein Unterschied", zischte Yvette.

„Tatsächlich?", entgegnete er spöttisch. „Ihr habt doch keine Ahnung von der Wirklichkeit. Beide nicht."

Er klang wie einer der waschechten Verrückten, mit denen Andie gelegentlich zu tun hatte. Wie die Wütenden, die der

Welt eine Lektion erteilen wollten, obwohl sie längst den Bezug zur Realität verloren hatten.

Und verdammt. Endlich konnte Andie den Mann zuordnen. Er hatte im *Lone Wolf* damals Unfrieden gestiftet und war verschwunden, bevor die Schlägerei ausgebrochen war. Roy schien den Mann zu kennen – und nicht ausstehen zu können, soweit Andie es mitbekommen hatte.

Yvette schüttelte einen Finger in seine Richtung. „Jemanden umzubringen, ist nicht dasselbe, wie jemanden zu erschrecken."

Stanton lachte leise. „Schon mal was von *zu Tode erschreckt* gehört?"

Andie schüttelte den Kopf. Brady war nicht an einem Herzinfarkt gestorben. Er war so brutal überfallen worden, dass sogar einige Polizisten vom Angriff eines Tiers ausgingen.

Oder es war ein Skinwalker, hatte Chavez gemeint.

Plötzlich raschelte es im Gebüsch, und zwei schemenhafte Gestalten schlichen näher, bloße Schatten in der Nacht. Schimmernde Augen leuchteten daraus hervor und beobachteten jede von Andies Bewegungen.

Ein eiskalter Schauder lief ihr über den Rücken. Hunde? Kojoten? Wölfe?

Als sie die kräftigen Schnauzen und breiten Ohren erkannte, entschied sie, dass es Wölfe sein mussten.

Yvettes Augen weiteten sich vor Angst, Stanton hingegen zuckte mit keiner Wimper.

„Hallo, Jungs", rief er nur.

Andie glotzte hin. Jungs? Ihr waren einige Leute begegnet, die sich Wölfe als Haustiere halten wollten, meist jedoch Kreuzungen, halb Wolf, halb Hund, und nur selten funktionierte es. Diese beiden waren echt – ganz Wolf, ohne Halsbänder. Kein bisschen gezähmt, ein gefährliches Funkeln in den Augen.

In gewisser Weise ein bisschen wie Buck und doch auch völlig anders. Buck wirkte nicht furchterregend oder bedrohlich. Diese Wölfe schon. Nicht tollwütig, vielmehr eiskalt berechnend, was Andie um einiges schlimmer fand.

Wenigstens rückten sie nicht weiter vor. Sie blieben in den Schatten, schienen auf ein Kommando zu warten.

Von Stanton? Andie starrte den Mann an, während sich ihre Gedanken überschlugen. Hatte er die Wölfe auf Brady gehetzt? Aber Wölfe hinterließen keine Schlitzwunden wie ein Kasuar.

Andie ertappte sich dabei, in die Schatten zu spähen, halb in der Erwartung, der ausgebüxte Vogel könnte daraus auftauchen. Aber Stanton schien keinen in der Menagerie seiner Handlanger zu haben. Wenigstens etwas.

Andie sah sich nach einer provisorischen Waffe oder einem Fluchtweg um. Wenn Yvette und sie es zu den Autos schaffen könnten, wären sie in Sicherheit – vor allem, wenn Yvette noch die alte Schrotflinte hinten in ihrem Toyota hatte.

Andie drehte sich zur Seite und versuchte, Yvette in Richtung des Wegs zu drängen. Dabei erschien eine weitere Gestalt, und die Wölfe knurrten.

Gott, was jetzt?

Andie starrte in die Dunkelheit. Plötzlich riss sie die Augen weit auf.

Ihre Lippen bebten. „Roy?"

Er war es wirklich, nur mit einer Jeans bekleidet, als wäre er direkt aus dem Bett herbeigehastet.

„Roy! Wie schön, dich wiederzusehen." Stanton grinste.

Roy schaute finster drein, während Andie den gesamten Körper versteifte. Sie verstand nur noch Bahnhof. Roy hingegen schien zu wissen, was vor sich ging, und die Erkenntnis ließ sie verzagen. Steckte er irgendwie mit Stanton unter einer Decke?

Auf keinen Fall, besagte Roys verbitterter Gesichtsausdruck.

Was dann? hätte Andie beinah gebrüllt. *Warum bist du gegangen? Wo bist du gewesen?*

Allerdings war keine Zeit für Fragen. Dafür knurrten die Wölfe zu bedrohlich und fletschten die Zähne.

Vertrau mir, vermittelten Roys warmherzige braune Augen.

Das wollte Andie. Aufrichtig. Aber das kam von ihrem Herzen, nicht von ihrer Vernunft, die für ihre Sicherheit sorgte.

Vertrau mir, flehte Roys Gesichtsausdruck.

Dann drehte er sich Stanton zu und starrte ihn vernichtend an. Vielleicht starrte er gleichzeitig in die eigene Vergangenheit.

„Die Sache endet jetzt. Sofort", zischte Roy.

„Genau, was ich im Sinn hatte."

Stanton richtete den Blick der verschlagenen Augen erst auf Yvette, dann auf Andie, um seine Absichten zu verdeutlichen.

Andie straffte die Schultern und schaltete auf ihr härtestes Auftreten einer Polizistin um. *Das kannst du vergessen, Arschloch.*

„Nein", stieß Roy knurrend hervor. „Es reicht. Du bist zu weit gegangen."

In Andies Kopf blitzten Erinnerungen an die Schlägerei im *Lone Wolf* auf. Damals hatte Roy genauso ausgesehen – kampfbereit strotzend vor Zorn, Entschlossenheit und Kraft.

Stanton schüttelte den Kopf. „Ich dachte, du würdest es verstehen." Er deutete mit einer ausladenden Armbewegung über die Weiten der Landschaft. „Das hier – das alles – muss gerettet werden." Er sah Yvette mit finsterer Miene an. „Du hast es selbst gesagt. Sie müssen aufgehalten werden."

Andie schüttelte den Kopf. Es fühlte sich immer seltsam an zu erkennen, dass ein skrupelloser Mörder und sie tatsächlich etwas gemeinsam haben konnten. Aber auch das hatte ihr Vater immer gesagt.

Die meisten Verbrecher sind normale Menschen wie du und ich. Sie treffen nur schlechte Entscheidungen.

Darüber hätte sie beinah geschnaubt. *Richtig schlechte Entscheidungen, Dad.*

Nur bei einer Handvoll ist wirklich alle Hoffnung verloren. Ebenfalls etwas, das ihr Vater zu sagen gepflegt hatte.

Ja, zum Beispiel bei Stanton, brummte sie in Gedanken.

Yvette schüttelte den Kopf. „Ich will das Land retten. Aber nicht mit Mord. Man wird dich lebenslang einsperren, du Idiot."

Andie berührte Yvette am Arm. Es war nicht der richtige Zeitpunkt, um einen labilen Mann wie Stanton aufzustacheln.

„Niemand sperrt mich ein!", brüllte er und krümmte die Finger zu Klauen. „Und niemand schreibt mir vor, was ich zu tun habe."

Andie starrte auf die Geste. Klauen… Kasuar… Die offenen Wunden an Bradys Körper…

Dann blinzelte sie, denn wie sich Stanton auf Yvette zube-
wegte, besagte: *Du kommst als Erste dran.*

Roy trat zwischen sie und streckte eine Hand aus. „Halt,
Stanton. Hör auf und denk nach."

Stanton grinste ihn höhnisch an. „Oh, ich habe mir alles
gründlich überlegt, glaub mir." Sein Blick schnellte zu Andie
und vermittelte: *Na schön, ich habe nicht damit gerechnet, eine
Polizistin hier zu haben, aber darum kann ich mich kümmern.*

„Keinen Schritt weiter", warnte Roy.

Andie hatte reichlich Handgreiflichkeiten hinter sich und
war überzeugt davon, sie könnte Stanton überwältigen. Mit
Roy stand es zwei gegen einen, und Stanton war unbewaffnet.

Allerdings waren da noch die Wölfe, die sich knurrend
näherten. Wie um alles in der Welt entschärfte man eine Si-
tuation, bei der wilde Tiere im Spiel waren?

Traurig schüttelte Stanton den Kopf. „Ich muss schon sagen, ich bin enttäuscht, Mann. Als du die Twin Moon Ranch
verlassen hast..."

Andie wirbelte zu Roy herum und dachte daran zurück,
was Kyle gesagt hatte. *Soweit ich gehört habe, war Roy dort
glücklich. Aber dann...*

Stantons Züge hellten sich auf, wie die eines Teenagers in
Gegenwart eines Sporthelden. „Ich wollte genau wie du sein."
Stantons Stimme wurde rau und kalt. „Pfeif auf alle, verstehst
du?"

Roy runzelte die Stirn. „Deshalb bin ich nicht gegangen.
Ich habe bloß Zeit allein gebraucht."

Stanton nickte eifrig, als stimmte er ihm voll und ganz
zu. „Schon klar, Mann. Und jetzt bist du zurück, um den
Drecksäcken eine Lektion zu erteilen."

Andies Herz setzte einen Schlag aus, doch ein Blick zu Roy
bestätigte ihr, dass Stanton nur für sich sprach.

„Ich bin zurück, weil ich zurück sein will." Roys Blick wan-
derte zu Andie, und *zack.* Da war sie wieder, diese unerklärliche
Energie, die sie miteinander verband. In der die Aussage lag:
Ich bin für dich bestimmt und du für mich.

Wären die Umstände anders gewesen, Andie hätte wohl nach Roys Hand gegriffen. Aber mittlerweile kam Stanton in Fahrt, und die Wölfe hinter ihm knurrten lauter.

„Niemand hat mich verstoßen", klärte Roy ihn auf. „Ich wollte weg. Und jetzt bin ich bereit, wieder hier zu sein." In seinen Augen blitzte etwas auf. „Bring bloß nichts durcheinander, indem du es Rache nennst. Schon gar nicht, wenn du selbst Fehler begangen hast."

Und *zack*. Schlagartig verpufften jegliche Zweifel, die Andie vielleicht an Roy gehegt hatte. Er war ein guter Mensch. Genau wie sie nicht perfekt, aber ein grundanständiger Mann, der bereit war, sich seiner Vergangenheit mit allen Triumphen und Fehlern zu stellen.

Stanton hingegen schien nichts davon zu halten, zu vergeben oder zu vergessen. Drohend hob er die Hände in Roys Richtung. Nicht die Fäuste, sondern die merkwürdigen Klauen, die er mit den Fingern bildete.

„Ich dachte, du wärst anders. Dabei bist du genauso mies wie der Rest", stieß Stanton knurrend hervor. „Und Mann. Was bist du verweichlicht. Genau wie dein Bruder."

Andie starrte ihn an. Was?

Roys spannte die Kiefermuskulatur an. „Gott, bist du krank."

Gleichzeitig machte er eine scheuchende Bewegung hinter dem Rücken. Andie brauchte einen Moment, um zu schalten. Das war ihre Chance, Yvette in Sicherheit zu bringen. Nur müsste sie dafür Roy zurücklassen, und er hätte es allein mit Stanton und zwei Wölfen zu tun.

„Krank?", brüllte Stanton. „Die Welt ist krank, nicht ich!"

Andies Augen wurden groß, als sich Stanton vor Wut gruselig wandelte. Seine Nase trat deutlicher hervor, die Arme streckten sich unmöglich lang. Seine Augen leuchteten auf, färbten sich buchstäblich rot und sanken tiefer in die Höhlen. Und unablässig krallte der Mann mit dürren, zu Kaulen verkrümmten Fingern durch die Luft.

„Skinwalker", hauchte Yvette. „Der echte."

Andie wich zurück und zog Yvette mit. Nicht das schon wieder.

„Du musst sofort aufhören, Stanton", verlangte Roy scharf.

Stanton knurrte. „Niemand schreibt mir vor, was ich zu tun habe. Niemand!"

Damit sprang er Roy an, der gerade noch eine letzte, eindringliche Bewegung in Andies Richtung schaffte.

Sie wirbelte herum und scheuchte Yvette den Hang hinunter. „Los! Lauf zum Auto! Sofort!"

Yvette preschte davon, pflügte durch Gebüsch und schlitterte über Geröll.

Andie bückte sich, um einen Stein als Waffe aufzuheben, bevor sie abermals Yvette zurief, die langsamer geworden war und zurückschaute. „Lauf! Fahr nach Hause und ruf Kyle an. Los jetzt!"

Dann richtete sie die Aufmerksamkeit wieder auf den Kampf – und erstarrte.

Roy und Stanton rangen miteinander und droschen aufeinander ein. Die Wölfe schauten zu und ließen die Zungen herausbaumeln, als feuerten sie Stanton an. Nur war es nicht mehr ganz Stanton.

„Was zum..." Andie glotzte hin.

Fell war auf der menschlichen Haut gesprossen. Die Gesichtszüge hatten sich derart entsetzlich verzogen, dass Andie beinah den Blick abgewandt hätte. Die stumpfen Finger hatten sich tatsächlich in rasiermesserscharfe Krallen verwandelt, und...

„Gott, nein..." Sie wich zurück.

Aber die Wahrheit, die ihre Augen ihr zeigten, ließ sich nicht leugnen. Stanton verwandelte sich von einem Mann zu einem Tier. Fellbüschel und Federn ragten um die Ohren hervor, das Gesicht mutierte zu einer grässlichen Schnabelform.

Dann schnappte sie erneut nach Luft, weil sich Stanton nicht als Einziger verwandelte. Roy ließ ein Knurren vernehmen, als sich sein Rücken krümmte. Andie starrte hin, während seine Zähne zu langen, elfenbeinfarbenen Beißern wuchsen.

Sie erstarrte, während sich Roys Körper im schwachen Mondlicht veränderte. Vor ihren Augen nahm er eine kleinere, tierische Gestalt mit vier Beinen und einem Schwanz an. Ein Wolf, größer und dunkler als jene hinter Stanton.

Ein Wolf, den Andie auf Anhieb erkannte.

„Buck…“, flüsterte sie fassungslos.

Nein. Das war unmöglich. Es konnte nicht sein.

Roy – oder Buck? – warf sich der Kreatur entgegen, in die sich Stanton verwandelt hatte. Gleich darauf, als sie auseinandersprangen, sah Buck ihr in die Augen.

Hab keine Angst. Ich bin es. Roy. Buck.

Andie konnte sich weder rühren, noch konnte sie denken.

Dann stieß sich Stanton ab, flatterte mit Flügeln und sprang der Schwerkraft trotzend knapp zwei Meter hoch in die Luft.

Andie starrte ihn an. Flügel? Wölfe? Verlor sie gerade den Verstand?

In dem Moment ertönte von unten schrill Yvettes Stimme. „Andie! Komm!“

Bucks Blick drängte sie dazu, dem Ruf zu folgen.

Andie trotzte dem Anflug von Angst, der über ihre Seele schwappte. Allerdings unterschieden sich die Umstände völlig von jedem Einsatz, den sie je bei der Polizei erlebt hatte. Am Ende gab sie ihren Instinkten nach, wirbelte herum und stürmte den Hang zur wartenden Yvette hinunter.

„Schnell“, spornte Yvette sie verkniffen an. „Höchste Zeit zu verschwinden.“

Kapitel 19

Knurrend bäumte sich Roy auf die Hinterpfoten auf, um Stantons Krallen abzuwehren. Mit Müh und Not gelang es ihm, bevor er seinerseits angriff, jedoch einen Wimpernschlag zu spät, um einen Treffer zu landen.

Skinwalker, hatte Yvette gezischt.

Nicht ganz, aber nah genug dran, dachte Roy. Schon damals auf der Twin Moon Ranch hatten alle gewusst, dass Stanton irgendein gemischter Gestaltwandler war, obwohl niemand Fragen gestellt hatte. Es genügte, dass sich Stanton und seine Mutter, eine Wölfin, auf der Flucht vor ihrem gewalttätigen Ex-Geliebten befanden. Damals wurde die Twin Moon Ranch noch von einem strengen, ruppigen Alpha alter Schule geleitet, aber sogar der abgebrühte Tyrone hatte einen Ehrenkodex. Er hatte Stanton und dessen Mutter ebenso sicheren Unterschlupf auf der Ranch gewährt wie einst Roy und seiner Mutter, als Roy noch ein Kind gewesen war.

In gewisser Weise hatte Stanton also recht. Sie hatten viel gemeinsam, von der schwierigen Kindheit über das neue Leben auf der Twin Moon Ranch bis hin zum Dasein eines Einzelgängers in der Wildnis.

Aber damit enden die Ähnlichkeiten.

Stantons Augen loderten rot vor Zorn und Bösartigkeit, während sie einander knurrend umkreisten.

Oh, tut mir leid. Ich wollte deine Freundin nicht erschrecken, stichelte Stanton.

Roy bleckte die Zähne. *Lass sie aus dem Spiel.*

Natürlich kam Stanton der Aufforderung nicht nach. *Toller Körper. Ist sie im Bett so gut, wie sie aussieht?* Er leckte sich die Lippen. *Das wäre mal etwas. Ein völlig neuer Zweck für Handschellen.* Stanton lachte gackernd. *Nur hätte ich nicht gedacht, dass du der Typ dafür bist.*

Roy knurrte. *Du weißt eine ganze Menge nicht über mich.*

Stanton grinste. *Und du genauso viel nicht über mich, Kumpel.*

Ich weiß genug. Zum Beispiel, dass du Brady umgebracht hast.

Das musste Roy ihm zugestehen. In der vergangenen Woche hatte er jede freie Minute damit verbracht, durch die Gegend zu patrouillieren, aber nicht das geringste Anzeichen auf Ärger gefunden – bis zu diesem Morgen. Es war ein wunderschöner Morgen gewesen, an dem er nur einen Atemzug von Andie entfernt aufgewacht war – bis ihm durch eine ungute Ahnung der kalte Schweiß ausgebrochen war und er sich aufgesetzt hatte. Roy war losgezogen, um der Sache auf den Grund zu gehen, allerdings hatte sich sein Wolf dagegen gesträubt, sich zu verwandeln.

Kann meine Gefährtin nicht verlassen. Will ich nicht!

Aber es musste sein, also war Roy barfuß in der Morgendämmerung durch die Wüste gerannt, in der Totenstille geherrscht hatte, abgesehen von zwei markerschütternden Schreien.

Er war zu spät gekommen, um Brady zu retten, nicht jedoch, um mitzuerleben, wie Stanton den Sterbenden verhöhnt hatte, bevor er mordlüstern den Weg zu Josés Schlafbaracke angetreten war. Roy wollte Stanton den Weg abschneiden, doch das entfernte Geheul von Sirenen ließ sie beide innehalten.

Stantons Augen funkelten. Anscheinend wog er den Kick eines weiteren Mords gegen das Risiko ab, das die anrückende Polizei darstellte. Schließlich suchte er grollend mit seiner absonderlichen, halb rennenden, halb flatternd fliegenden Fortbewegung das Weite.

Roy verharrte wie angewurzelt und starrte ihm hinterher. Niemand hatte Stanton je gefragt, was sein Vater war, aber Roy vermutete einen Adler.

Eher ein Geier, brummte sein innerer Wolf.

So oder so, gemischte Gestaltwandler verkörperten eine Seltenheit. Die meisten Mischlinge nahmen nur eine Tiergestalt an – bestimmt von den dominierenden Genen. Der Spross einer Wölfin und eines Geiers sollte sich eigentlich nur in die eine oder andere Form verwandeln, sobald er in der Pubertät mit dem Gestaltwandeln anfing.

Stanton war gerade in jene Phase eingetreten, als Roy damals die Twin Moon Ranch verlassen hatte. Eigentlich hatte er vermutet, Stanton würde ein Wolfsgestaltwandler werden. Aber je mehr er zurückdachte, desto klarer wurde ihm, dass sich der junge Stanton früher immer davongeschlichen und allein verwandelt hatte.

Somit stand der Grund dafür fest. Stanton war ein echter Mischling – halb Wolf, halb Vogel.

Ich weiß, dass du kein Skinwalker bist, übermittelte Roy nun knurrend, während er seinem Feind gegenüberstand.

Stanton schnaubte. *Du weißt es, und ich weiß es. Aber Menschen sind so verdammt dumm.*

Die Wölfe an Stantons Seiten prusteten belustigt.

Roy bemühte sich, ruhig zu bleiben und Andie die nötige Zeit zur Flucht zu verschaffen, aber das konnte haarig werden. Das einzig Gute an der Lage war, dass er demnach doch nicht verrückt oder schizophren zu sein schien, wie er es in letzter Zeit befürchtet hatte. Er hatte sich gesorgt, er selbst könnte unbewusst all den Ärger auf der Ranch verursacht haben. Denn was, wenn Gestaltwandler, die zu lange in Tiergestalt in der Wildnis blieben, wirklich den Verstand verloren?

Aber nein. Er wurde nicht allmählich verrückt. Und es war richtig gewesen, in Andies Nähe zu bleiben, statt sich zu überwinden und sich von ihr fernzuhalten.

Trotzdem hatte alles zu diesem Punkt geführt, und nun schwebte Andies Leben in Gefahr.

Letzte Chance, deine Verluste zu begrenzen und abzuhauen, warnte Roy.

Niemand sagt mir, was ich zu tun habe. Stantons Augen loderten, während er und Roy einander umkreisten, beide knurrend wie wilde Tiere.

Roy beschlich ein beklommenes Gefühl, denn genau dafür würde Andie ihn halten. Als Buck hat er immer darauf geachtet, sich von seiner freundlichsten Seite zu zeigen, mit dem Schwanz zu wedeln, sich langsam zu bewegen und die Reißzähne nicht zu offensichtlich zu zeigen. Nun jedoch musste er seine furchteinflößendste, wildeste Seite entfesseln.

Es schmerzte zu wissen, dass er seine wahre Liebe für immer von ihm entfremden würde, indem er sie rettete.

Zeigen wir ihr einfach, dass wir sie lieben. Beweisen wir ihr ein für alle Mal, was wir für sie tun würden, kam grollend von seinem inneren Wolf. *Nicht nur, wenn es einfach wie in ruhigen, sternenklaren Nächten ist, sondern auch jetzt, wo alles auf dem Spiel steht.*

Mit einem tiefen Atemzug schwor er sich etwas. Für die Frau, die er liebte, würde er niemals aufgeben. Er würde sie entweder für sich gewinnen oder beim Versuch sterben.

Roy zog die Lippen weiter zurück und knurrte Stanton entgegen.

Wie gesagt. Der Schlamassel, den du angerichtet hast, endet jetzt.

Das ist erst der Anfang. Stanton lachte gackernd. *Verstehst du denn nicht?*

Stantons Augen funkelten, als er in die Richtung der Twin Moon Ranch schaute. Offensichtlich hatte er irgendeinen halbgaren Plan, dorthin zurückzukehren und Unruhe zu stiften, wie er es in der Kneipe getan hatte. Der Mann schien ein Meister in dem Spiel geworden zu sein.

Nur warum? Vielleicht, weil Wut, Protest und Chaos einen einfachen Ausweg boten, wenn es nicht so lief, wie man es wollte. Miteinander auszukommen, Kompromisse einzugehen, Lösungen auszuhandeln hingegen – das alles erforderte Mühe.

Leicht verschämt stieß Roy den Atem aus. Auch er hatte es sich einst leicht gemacht, indem er sein Zuhause verlassen hatte. Aber wie die alte Tante Milly zu sagen pflegte, war es nie zu spät, um die Dinge in Ordnung zu bringen.

Roy schluckte schwer. Oder es zumindest zu versuchen.

Er straffte die Schultern und starrte Stanton finster an.

Es endet jetzt. Auf der Stelle.

Stanton ließ ein gefährliches Grinsen aufblitzen. *Ach ja? Versuch's doch.*

Damit folgte Stantons nächster Angriff. Und verdammt. Es ließ sich unmöglich abschätzen, worauf man sich konzentrieren sollte. Stanton flatterte und klackte einen halben Meter über Roys Kopf mit den Krallen, während die Wölfe nach seinen Flanken schnappten. Dem Geruch nach zu urteilen, handelte es sich bei beiden um Gestaltwandler.

Gut war einzig, dass ihre Aufmerksamkeit allein ihm galt, was Andie die Chance zur Flucht eröffnete.

Gleich drauf entfuhr ihm ein spitzes Jaulen, als Stantons Krallen über seinen Rücken fetzten. Keine tiefe Wunde zwar, trotzdem brannte sie höllisch. Er sprang hoch und schnappte nach Stanton, der lachend außer Reichweite flatterte. Das bizarre Wesen konnte sich nicht lange in der Luft halten, nur hatte Roy nicht den Luxus zeitlich abgestimmter Gegenangriffe, solange ihn zusätzlich die Wölfe bedrängten.

Er wirbelte herum, hieb mit den Pfoten um sich und schnappte mit den Fängen. Einer der Wölfe jaulte auf, und ein penetranter Geschmack breitete sich in Roys Mund aus.

Blut. Das des Wolfs, nicht sein eigenes.

Die nächsten Minuten zogen verschwommen an ihm vorbei. Da sich Roy völlig auf den Kampf konzentrierte, konnte er nicht abschätzen, wo sich Andie befand, bis Stanton seinen Männern einen Ruf übermittelte.

Sie entkommen. Tötet sie!

Einer der Wölfe preschte den Weg entlang los, und Roy konnte nur beten, dass Andie genug Vorsprung hatte, um Yvette zum Auto zu bringen.

Krallen, die auf Roys Augen zielten, zischten durch die Luft. Er duckte sich und schlug die Zähne in Stantons Bein, bevor das Mischwesen aus Wolf und Vogel zurückweichen konnte. Roy verrenkte sich in der Hoffnung, Stanton zu Fall zu bringen und ihm die Kehle herausreißen zu können. Allerdings biss ihm in dem Moment der zweite Wolf in die Flanke, und als er vor Schmerz aufheulte, gelang es Stanton, sich loszureißen.

Staub wurde aufgewirbelt, als ein wildes Getümmel folgte und sowohl Roy als auch Stanton und der Wolf darum kämpften, voneinander wegzukommen. Dann dröhnte ein Schuss durch die Nacht, und sie alle erstarrten.

Peng! Peng!

Ein zweiter Schuss hallte über die Hügel, gefolgt von schauriger Stille.

Einen Moment lang hielten sich Roy, Stanton und der Wolf zurück, starrten sich nur gegenseitig finster an. Gestaltwandler waren schwer zu töten, aber selbst sie könnten keinen Treffer eines von einer erfahrenen Schützin gezielt abgefeuerten Projektils überleben.

Verschwinde, Andie! spornte Roy sie innerlich an.

Dann heulte ein Motor auf, und Stanton stieß einen leisen Fluch aus. Ein Fahrzeug raste davon und ließ Schotter aufspritzen. In Roys Seele regte sich eine Mischung aus Erleichterung und Kummer. Andie fuhr in Sicherheit, zugleich jedoch verließ sie ihn. Für immer?

Roys Mut sank, als Stanton die Zähne fletschte. Offensichtlich überlegte er sich bereits einen Ausweichplan, um die beiden Zeuginnen seiner Übeltaten auszuschalten.

Roy knurrte. *Nur über meine Leiche.*

Vorsichtig mit deinen Wünschen, übermittelte Stanton ihm abfällig und zeigte zur Kante des hohen Felsens. *Ich könnte dich da runterstoßen, dann endest du wie dein Bruder.*

Roy gefror das Blut in den Adern. Nicht nur wegen der Erwähnung seines Bruders – vor allem wegen des wissenden Tons in Stantons Stimme.

Wenn es hoch genug ist, natürlich, fügte Stanton hinzu und spähte demonstrativ über den Rand. *Nach so einem Sturz können dich nicht mal die Heilfähigkeiten eines Gestaltwandlers retten.*

Wieso zum Teufel wirkte Stanton so verdammt selbstgefällig?

Dann ereilte ihn eine Erkenntnis.

Du warst dabei. Roy knurrte. *Du warst in der Nacht dabei, in der Raymond gestorben ist.*

Stantons breites Grinsen besagte: *Nicht nur dabei, Kumpel.* Schweigend stand er da, als wollte er Roy herausfordern, es sich zusammenzureimen.

Roys Kinnlade klappte auf. Herausforderung... Raymond... Ein tragischer Sturz vor so langer Zeit...

Du hast Raymond dazu getrieben, entfuhr es Roy mit einem animalischen Knurren. *Du hast seinen Absturz verursacht.*

Stanton setzte die falscheste Unschuldsmiene aller Zeiten auf und zuckte mit den Schultern. *War nicht meine Schuld, dass er entschieden hat, sich so nah an die Kante zu wagen. Auch nicht meine Schuld, dass sie abgebrochen ist.*

Roy sah rot. Natürlich hatte Raymond die Herausforderung angenommen. Er hätte alles getan, um ein anderes Kind zu beeindrucken und akzeptiert zu werden. Aber so nah zum Rand vorzurücken, war ebenso wenig Raymonds Idee gewesen, wie es die von Yvette gewesen war, Brady umzubringen.

Stanton. Immer Stanton, der Unfrieden stiftete und andere die Konsequenzen erleiden ließ.

Jeder Muskel in Roys Körper spannte sich an, und sein Blut brodelte. Dann stürzte er sich in den nächsten Angriff, und die Welt verschwamm.

Gleichzeitig wurde es schmerzhaft, denn für jeden Treffer, den er bei Stanton oder dem Wolf landete, revanchierten sich die beiden, und allmählich häuften sich seine Wunden.

Aber er biss die Zähnen zusammen und kämpfte weiter. Für seinen Bruder. Für Andie. Für jeden anständigen Menschen, den Stanton je verletzt hatte.

Blut tropfte von seiner Stirn und brannte in seinem rechten Auge. Dann blinzelte er heftig, denn verdammt, er hatte plötzlich Wahnvorstellungen – wie Andie, die sich mit einem Gewehr in den Händen hinter seinen Angreifern anpirschte.

Was keinen Sinn ergab, denn sie war doch geflohen, oder?

Dann begriff er. Yvette war weggefahren, Andie hingegen war bewaffnet zum Felsen zurückgekehrt.

Warum? wollte er brüllen. Sie sollte doch in Sicherheit eilen, nicht in Gefahr zurückkehren. *Warum?*

Andies Hände wirkten etwas zittrig, aber sie schaute wild entschlossen drein, und durch seinen Geist spukten zwei Worte.

Für dich.

Wärme breitete sich durch seine Seele aus. Aber als Andie das Gewehr anhob und direkt auf ihn zielte, erstarrte er und hätte am liebsten geschrieben. Eine Erklärung. Er war ein

Freund, kein Feind. Ihr Freund und Geliebter, kein tollwütiges Tier.

Andie... begann er im Kopf.

Doch es war zu spät. Ihr Finger legte sich auf den Abzug.

Nein! wollte er brüllen. Zu sterben, wäre schon in Ordnung, nur Andies Angst würde ihn bis in alle Ewigkeit verfolgen.

Nein, flehte sein gequältes Herz. *Ich liebe dich. Bitte glaub an mich!*

Aber ihr Finger drückte den Abzug bereits, und er konnte nur noch ein letztes Mal winseln.

Nein!

Kapitel 20

Andies Herz raste, als sie zielte. Der Schuss, den sie abfeuerte, würde ein Leben auslöschen, das wusste sie.

Also sorg dafür, dass es das richtige Leben erwischt, ermahnte sie sich.

Der dunkle Wolf, der sie mit großen, braunen Augen anstarrte, war unverkennbar. Buck... äh, Roy.

Einen Millimeter vor dem Druckpunkt des Abzugs hielt sie inne und rief mit ihrer autoritärsten Stimme einer Polizistin.

„Sofort aufhören!"

Würden sie natürlich nicht, das wusste sie, aber sie musste dafür sorgen, dass sich der hellere Wolf ein Stück von Buck entfernte. Sie hatte bereits auf die harte Tour herausgefunden, dass Yvettes altes Ruger 44 ein wenig ungenau war. Das bedeutete, dass sie die Mündung eine Spur nach links des eigentlichen Ziels richten musste. Die kleinste Fehleinschätzung konnte Buck das Leben kosten. Sie sehnte sich nach etwas mehr Puffer – und bekam ihn, als Stantons Wolf zu ihr herumwirbelte.

Andie räumte ihm noch einen Bruchteil einer Sekunde ein. Wenn das Tier auch nur die geringsten Anzeichen von Angst, Reue oder Rückzug erkennen ließe, würde sie es verschonen. Aber kaum hatte es den blutrünstigen Blick auf sie gerichtet, schoss sie.

Wumm!

Der Wolf fiel mit einem schweren Plumpsen und schien tot zu sein.

Heilige Scheiße! besagten Bucks weit aufgerissene Augen.

Andie zuckte zusammen. Hatte er wirklich gedacht, sie würde auf ihn zielen?

Niemals, hätte sie um ein Haar laut geschrien.

Sie schluckte schwer und schwenkte die Mündung auf Stanton. Es war eine jener Situationen auf Leben und Tod, vor denen es jedem Polizeibeamten graute. Und sie wollte auf keinen Fall die sein, die als Erste blinzelte.

Aber herrje. Ein Wolf war eine Sache. Das bizarre Mischwesen aus Vogel und Wolf brachte ihren Verstand zum Rotieren.

Sie brüllte das Einzige, was ihr in dem Moment in den Sinn kam.

„Aufhören, habe ich gesagt!"

Stanton lachte leise, bevor er hoch in die Luft sprang und Buck anvisierte. Anscheinend setzte Stanton darauf, dass Andie nicht auf ihn schießen würde, solange er in Bucks Nähe blieb. Oder er hatte mitgezählt, wie viel Munition sie bereits verbraucht hatte.

Bist du verrückt? Yvette hatte sie am Arm gepackt, als sie allen Mut zusammengenommen und sich geweigert hatte, zu der älteren Frau ins Auto zu steigen.

Nein, Andie war nicht verrückt. Sie war Polizistin. Und das bedeutete, vor Problemen nicht davonzulaufen. Polizeibeamte lösten sie stattdessen.

Durch das Gewehr erschien ihr Plan etwas weniger selbstmörderisch. Und dennoch. Yvette hatte auf ein wichtiges Detail hingewiesen.

Das Magazin fasst nur vier Patronen. Damit begann Yvette, das Handschuhfach zu durchwühlen. Eine gefühlte Ewigkeit verging, bevor sie eine weitere Patrone herausfischte und sie Andie in die Hand drückte.

Somit standen Andie drei Schuss zur Verfügung. In Gedanken hatte sie sich vorgemerkt, Yvette über die richtige Aufbewahrung von Waffen und Munition zu belehren... sofern sie diesen Albtraum überlebte.

Sie nahm mit den Füßen einen breiteren Stand ein, hielt das Gewehr erhoben und wartete auf ihre Chance.

Stanton würde eindeutig nicht aufgeben. Er schien eher vorzuhaben, Buck umzubringen.

Wenigstens war der Kampf nun ausgeglichener. Stantons zorniges Kreischen nahm einen frustrierten Ton an, und seine Bewegungen wurden verzweifelter. Buck kämpfte indes so verbittert und rachsüchtig, dass Andie sich fragte, was Stanton gesagt oder getan haben mochte.

Aber Blut befleckte einen Großteil von Bucks Fell, und der Glanz in seinen Wolfsaugen wurde allmählich trüber. Andie schwenkte die Mündung des Gewehrs, folgte Stanton. Lange konnte sie nicht mehr warten, da Buck allmählich strauchelte.

Er vergeht, warnten ihre Instinkte sie beängstigend. Wenn sie nicht bald etwas unternähme, würde Buck verbluten.

Stanton musste zu derselben Erkenntnis gelangt sein, denn er änderte seine Strategie. Anstatt mit voller Wucht anzugreifen, bedrängte er Buck, ließ ihm keine andere Wahl, als sich zu wehren und dabei kostbare Energie zu verbrauchen.

Andie verengte die Augen zu Schlitzen und atmete langsam und tief durch. Genug gewartet. Im Bruchteil einer Sekunde, als Stanton hochsprang, um Bucks Zähnen auszuweichen, feuerte Andie.

Wumm! Federn stoben auf, und Stanton zischte.

Miststück, besagte sein wutentbrannter Gesichtsausdruck.

Sie hatte einen seiner kurzen, stummeligen Flügel getroffen, nicht jedoch den Rumpf. Andie verfluchte das Gewehr, als Stanton auf sie zuflog.

Wie in Zeitlupe riss sie die Mündung hoch und drückte ab.

Peng! Peng!

Die beiden letzten Schüsse, und sie hatte keine Ahnung, ob sie richtig gezielt hatte. Zeit, Raum und Geräusche gerieten durcheinander. Andie war sich nicht sicher, ob ihr Verstand alle Einzelheiten in der richtigen Reihenfolge registrierte.

In der Nähe brüllte Buck, in der Ferne heulte ein Wolfsrudel.

Kreischend schwebte Stanton ihr entgegen. Seine vorquellenden Augen hatten sich blutrot verfärbt.

Andies Körper bewegte sich. Sie duckte sich... fiel... und prallte auf den felsigen Untergrund in der Nähe des Abgrunds. Das Gewehr schlitterte klappernd davon, bevor es über die Kante rutschte und auf dem Weg in die Tiefe mehrfach gegen die Felswand knallte.

Blinzelnd fragte sich Andie, ob sich ihr Vater unmittelbar vor seinem Tod ähnlich losgelöst vom Geschehen gefühlt hatte.

Stanton schien sich nur Zentimeter entfernt zu befinden. Zig Selbstverteidigungstechniken schossen Andie durch den Kopf – aber welche eignete sich gegen eine Kreatur mit Klauen und Flügeln? Am Ende krallte sie nach den roten Augen, die wie Portale in die Hölle anmuteten.

Und dann – *zack!* Stanton prallte mit solcher Wucht gegen sie, dass es ihr die Luft aus der Lunge presste.

Andie! hätte sie schwören können, Roys gequälte Stimme im Kopf zu hören.

Schmerzen schossen durch ihren Körper, allerdings nicht so, wie sie es erwartet hatte. Nicht von rasiermesserscharfen Krallen oder Fängen, die sich in sie bohrten. Eher ein dumpfer, flächendeckender Schmerz, als sie zurückgeschleudert wurde.

Die Schreie, die gleich darauf ertönten, stammten nicht von ihr. Oder sie hatte eine dieser außerkörperlichen Erfahrungen, von denen Menschen berichten, die gestorben und wieder erwacht waren.

Als sich ein Wolfsknurren zu dem schrillen Kreischen mischte, schlug Andie die Augen auf. Und oha. Nicht einmal zwölf Jahre Polizeiarbeit hatten sie darauf vorbereitet, was sie sah – einen Wolf und ein vogelähnliches Wesen in einem Kampf auf Leben und Tod.

Andie robbte seitwärts, bis sie gegen einen Felsbrocken stieß. Federn flogen durch die Gegend, und der Lärm wurde ohrenbetäubend. Schließlich bekam der Wolf Stantons Kehle mit dem Maul zu fassen und beendete den Kampf.

Andie verschloss die Augen vor dem grässlichen Anblick. Sie öffnete die Lider erst wieder, als es unheimlich still wurde. So bekam sie gerade noch mit, wie Buck den erschlafften Körper ein letztes Mal schüttelte, bevor er ihn in den Abgrund warf.

Als ein dumpfer Aufprall ertönte, zuckte sie zusammen und starrte auf die eigenen Füße.

Ihr Herz hämmerte wild. Ihr Atem ging stoßweise, ihre Muskeln verkrampften sich. Schließlich überwand sie sich, aufzuschauen. Und verdammt. Buck war blutüberströmt und übel zugerichtet.

Einen Moment lang konnte sie nur hinstarren. Die einzigen Geräusche gingen von Bucks schwerer Atmung und vom Wind aus, der über die Wüste fegte. Dann hörte sie ein Flüstern – ihre eigene Stimme, die nach ihm rief.

„Buck...“

Noch nie hatte sie erlebt, dass der stolze Wolf so verloren und erschöpft aussah. Sein Blick schnellte zu Boden, sein Körper erschlaffte.

„Roy...“, sagte sie eindringlicher.

Ihr Herz zog sich zusammen. Wahrscheinlich glaubte er, sie hätte Angst vor ihm.

Und offen gestanden hatte sie auch Angst. Allerdings weniger vor Buck, vielmehr vor der brutalen Realität, der sie sich stellen musste.

Skinwalker. Werwölfe. Übernatürliche Wesen. Es gab sie wirklich.

Langsam kroch sie auf ihn zu. Buck – Roy – hatte sich ihr wieder und wieder bewiesen. Es war an der Zeit, sich ihrerseits ihm zu beweisen.

„Buck!“ Als der Wolf schwankte und umkippte, stürmte sie vorwärts.

In ihrem Kopf wirbelten bruchstückhaft Erinnerungsfetzen an Erste-Hilfe-Kurse und polizeiliche Abläufe zwischen schierer Panik umher. Was, wenn Buck umkäme?

Verzweifelt strich sie mit den Händen über ihn. Aber wie um aller Welt stillte man die Blutungen eines Wolfs?

„Bitte...“, flüsterte sie und fühlte sich so hilflos wie eine gewöhnliche Zeugin eines Notfalls, der Erste Hilfe erforderte. Dabei wusste sie als Polizeibeamtin eigentlich, wie man kühlen Kopf bewahrte. Aber Buck – Roy – lag ihr zu sehr am Herzen dafür.

„Bitte sag, dass es dir gut geht“, flehte sie. *Bitte stirb nicht*, hätte sie um ein Haar hinzugefügt. *Bitte bleib am Leben, damit du mir das alles erklären kannst – und damit ich dir sagen kann, was du mir bedeutest.*

Aber sie brachte nichts davon heraus. Sie konnte ihn nur umarmen und betteln.

„Bitte... bitte...“

Andie wusste verdammt genau, dass sie damit das harte Herz des Schicksals nicht umstimmen würde. Trotzdem konnte sie nicht dagegen an.

„Bitte…"

Der Brustkorb des Wolfs hob und senkte sich unter schweren Atemzügen. Und als sie sich verlangsamten, geriet Andie in Panik. Aber zum Glück wurde aus *langsam* kein Ende. Stattdessen wurden seine Atemzüge länger und gleichmäßiger. Die pelzige Masse unter ihr rührte sich leicht, brachte sich in eine neue Position. Buck schob die Schnauze auf ihren Schoß, schloss kurz die Augen und schaute gleich darauf zu ihr auf.

Erst da dämmerte ihr, wie sehr Buck darauf geachtet hatte, sie nicht zu erschrecken – sowohl jetzt als auch bei ihren früheren Begegnungen am Felsbrocken bei ihrem Haus.

Gleich darauf ereilte sie eine weitere Erkenntnis. Sie kannte seine Angst nur allzu gut. Die Angst, sich zu öffnen, jemandem uneingeschränkt zu vertrauen.

Andie beugte sich über Buck und umarmte ihn so fest, wie sie es wagte. *Ich lasse meine Ängste jetzt los,* vermittelte sie damit. *Es könnte ein bisschen dauern, aber ich verspreche dir, ich schaffe es.*

Dann schluckte sie schwer und brachte ihre Gedanken flüsternd zum Ausdruck. „Bitte bleib bei mir. Bitte sei in Ordnung. Bitte gib mir eine Chance." Es strömte überstürzt aus ihr heraus, bevor sie zuletzt erstickt hinzufügte: „Bitte."

Dann kicherte sie – ja, sie kicherte, weil er ihr über die Wange leckte.

Buck wiederholte es, bevor er ihr Versprechen erwiderte.

Ich lasse meine Ängste auch los. Es könnte ein bisschen dauern, aber ich verspreche, zusammen mit dir schaffe ich es.

Andie hatte keine Ahnung, wie lange sie so verharrten. Schließlich wich die angespannte Stille einer friedlichen Nacht, erfüllt von den üblichen beruhigenden Geräuschen. Dem Flüstern der Brise über die von Büschen bewachsenen Mesas. Dem Chor der zirpenden Grillen. Hinzu kamen die funkelnden, stecknadelkopfgroßen Lichter der Sterne, die zwischen den Wolken hervorlugen und versprachen, dass alles gut werden würde.

Andie schauderte. Zum ersten Mal wurde ihr die Kälte bewusst. Dann runzelte sie die Stirn, als sie andere Geräusche aus der Wüste wahrnahm. Anstrengend klingende Motoren... Wolfsgeheul...

Sie schüttelte den Kopf. Gott, bitte. Nicht noch mehr Feinde.

Irgendwie konnte sie sich nicht dazu aufraffen, sich zu wappnen. Stattdessen hielt sie Buck fest und überließ es dem Schicksal, ob es sie umbringen oder mit Glück bedenken wollte. Sie ließ die Augen geschlossen, als sie um sich herum das Hecheln und die Schritte von Hunden oder Wölfen hörte. Buck hob den Kopf und knurrte, Andie jedoch fand keine Kraft mehr in sich.

Fahrzeuge kamen mit quietschenden Reifen am Fuß des Felsen zum Stehen. Die Geräusche von Stiefeln auf trockenem Untergrund näherten sich. Aber erst beim Ruf einer vertrauten Stimme schlug Andie die Augen auf.

Sie starrte in die Dunkelheit. „Kyle?"

Ihr Schockzustand wich erst Erleichterung, dann Angst. Immerhin hatte sie einen ausgewachsenen Wolf auf dem Schoß. Was, wenn Kyle eine Waffe zöge und Buck erschösse?

Aber Kyle schien sich inmitten des unverhofft aufgetauchten Wolfsrudels wie zu Hause zu fühlen. Er legte den Kopf schief, dann nickte er ihr zu.

„Hi."

Um ein Haar wäre Andie in irres Gelächter ausgebrochen. Sie kannte ihren Partner im Dienst als Mann weniger Worte. Aber *Hi* in einem solchen Augenblick?

Dann wandte sich Kyle an den Wolf in ihren Armen. „Alles in Ordnung, Roy?"

Als Buck matt mit dem Schwanz wedelte, murmelte einer der Wölfe etwas, und Kyle nickte.

Andie starrte ihn an. „Du weißt, dass es Roy ist?"

Kyle nickte.

Die überforderten Rädchen in ihrem Kopf drehten sich und stellten langsam die Verbindung her. Kyle... Wolfsrudel... All die Gerüchte über die Twin Moon Ranch...

Sie glotzte ihren Partner an. War Kyle auch ein Wolf?

Eine Frau trat neben ihn und setzte ein mitfühlendes Lächeln auf. Stefanie, Kyles Gefährtin.

„Geht es euch wirklich gut?", fragte sie. Als Andie nickte, ging Stefanie in die Hocke und berührte sie an der Schulter. „Glaub mir, ich weiß, wie schwer das zu verarbeiten ist."

Andie nickte wie benommen. Das konnte die Frau laut sagen.

„Wir haben wohl eine Menge zu erklären", meinte Kyle. Wie er sich das Kinn rieb, ließ erahnen, dass er keine Ahnung hatte, wie er anfangen sollte.

Und verdammt, Andie auch nicht. Irgendwie war sie auf einem hohen Felsen gelandet, mit einem Wolf auf dem Schoß und dem Kadaver eines bizarren Wesens – eines Skinwalkers? – in der Nähe. Nicht unbedingt ein Fall, den Kyle oder sie einfach so in der Zentrale melden konnten.

Ein anderer Mann trat neben Kyle – eine große, düstere Gestalt, die Andie als Ty Hawthorne erkannte, Oberhaupt der Twin Moon Ranch.

„Dafür ist jetzt keine Zeit. Erst, wenn wir uns um all das hier gekümmert haben", verkündete er mit grollendem Unterton und ließ einen nicht allzu erfreuten Blick über die Umgebung wandern.

Stefanie schenkte Andie ein ermutigendes Lächeln. „Ich verspreche dir, es wird alles gut. Und was die Erklärung angeht…" Grinsend zwinkerte sie Buck zu. „Vielleicht sollten wir die ihm überlassen."

Kapitel 21

Bis zur Ankunft der Wölfe von der Twin Moon Ranch war Roy in einen beinah seligen Zustand verfallen. Das Brennen seiner Verletzungen wurde von der schieren Freude darüber aufgewogen, dass Andie ihn festhielt. Und nicht nur das – sie wusste endlich über seine beiden Seiten Bescheid und schien sich nicht daran zu stören.

Aber als Geheul und Schritte die Ankunft der Wölfe von der Twin Moon Ranch ankündigten, hatte sich sein Körper unwillkürlich wieder angespannt. Er hatte vor langer, langer Zeit beschlossen, das Rudel zu verlassen. Wie würden die anderen reagieren?

Roy malte sich aus, wie sie knurren und über ihn höhnen würden. Nach dem Motto: *Du bist aus freien Stücken gegangen. Wieso zum Teufel kommst du jetzt zurück?*

Noch schlimmer wäre hinter seinem Rücken gemurmeltes Mitleid. *Der arme Kerl. Er ist schon immer ein bisschen verkorkst gewesen. Nach dem Tod seines Bruders und all den Jahren in Wolfsgestalt... Na ja, er muss wohl verrückt geworden sein.*

Sein Rückenfell sträubte sich, als sich die anderen näherten. Nur fehlte ihm die Kraft, sich auf die Beine zu rappeln. Also lag er da, während ihm davor graute, was als Nächstes folgen würde.

Aber es kam völlig anders. Kein Knurren, kein abschätziges, leises Lachen. Nur schnaubende Laute, die davon zeugten, dass man ihn erkannte und... respektierte?

Der vorderste Wolf mit strahlend blauen Augen und einem hellen Fell in einer Schattierung von Gold bewegte sich langsam vorwärts, als gehörte ihm die gesamte Umgebung. Schnuppernd wedelte er mit dem Schwanz.

Roy?

Er schnippte mit einem Ohr. Moment. Cody?

Als Roy ein unverbindliches Schnauben von sich gab, setzte der Wolf ein breites Grinsen auf.

Ja, eindeutig Cody. Der allzeit vergnügte Cody, der sich durchs Leben lachte und scherzte.

Dennoch wirkte etwas an ihm verändert. Er strahlte eine gewisse Autorität aus, eine Aura, die davor warnte, sich mit ihm anzulegen. Ein deutlicher Hinweis darauf, dass er im Rudel aufgestiegen war.

Roy schniefte. Hm. Anscheinend war der Playboy der Ranch letztlich erwachsen geworden.

Wow, Roy. Echt schön, dich zu sehen. Cody wirkte aufrichtig erfreut. *Ist lange her.*

Roy nickte erschöpft. Ja, das stimmte.

Ein weiterer Wolf näherte sich, dann ein anderer und noch einer, bis sich das halbe Rudel eingefunden zu haben schien und neugierig schnupperte. Äußerlich glich Roy einem Fels, innerlich jedoch zog sich ihm alles zusammen. So viele Rudelmitglieder wussten von seiner Vergangenheit. So viel gemeinsame Geschichte, nicht alles davon schön.

Doch Cody wirkte nicht als Einziger erfreut, ja geradezu erleichtert darüber, ihn zu sehen. Eine wunderschöne dunkle Wölfin – Codys Schwester Tina – erschien schwanzwedelnd.

Roy! Roy! Wie schön, dass du zurück bist! Geht es dir gut?

Roy! rief jemand anders erfreut. *Das ist Roy!*

Damit setzten sich alle in Bewegung. Schon bald hatten sie sich um ihn herum verteilt, stupsten ihn in die Schultern oder streiften ihn mit ihren wedelnden Schwänzen.

Das Rudel musste in seiner Abwesenheit gewachsen sein, denn einige Wölfe erkannte Roy nicht, aber die anderen klärten die Neuen bald auf.

Das ist Roy! Nach so langer Zeit ist er zurück! Hurra!

Tina klang sogar ein bisschen erstickt. Und verdammt. Roy ging es ähnlich.

Als er damals gegangen war, hatte er sich einfach eines Nachts davongestohlen, überwältigt von Gefühlen und dunklen Erinnerungen. Niemand würde ihn vermissen, und ihm würde auch niemand fehlen. Diese Denkweise hatte sich damals nach und nach in seinem Herzen festgesetzt.

Die Reaktionen jedoch zeichneten ein völlig anderes Bild, und alles, was er verdrängt hatte, brach wieder über ihn herein. Freundliche Gesichter, keine feindseligen. Herzlichkeit. Familiensinn. Eine Gemeinschaft, die um einen der ihren getrauert hatte.

Gott sei Dank geht es dir gut. Gott sei Dank bist du wieder da.

Mit jedem freundlichen Wort und enthusiastischen Schwanzwedeln schwanden Roys Vorbehalte. Vielleicht wäre es doch gar nicht so schlecht, zurückzukommen.

Dann näherte sich Ty Hawthorne, der Alpha des Rudels, in Menschengestalt, und Roy spannte erneut den Körper an. Die Schar der anderen teilte sich vor ihm wie einst das Meer vor Moses. Roy schluckte und reckte das Kinn vor.

Als Jugendliche hatten Ty und er viel gemeinsam gehabt. Ähnliches Alter, ähnliche Größe – etliche Ähnlichkeiten, bis hin zum selben Dickkopf, den sie beide hatten. Aber Ty war als unbestrittener Thronfolger des Rudels aufgewachsen, während sich Roy damals seine eigene unbedeutende Nische hatte suchen müssen.

Im Gegensatz zur Herzlichkeit der anderen trat Ty ruppig auf. Barsch. Ein wortkarger Mann, der schnell urteilte, ähnlich wie sein autoritärer Vater vor ihm.

Oder vielleicht doch nicht, denn gleich darauf setzte Ty ein breites Grinsen auf.

„Schön, dich zu sehen, Mann. Ist zu lange her."

Roy wäre vor Verblüffung beinah zu Boden gesackt.

Eine Wölfin trabte neben Ty und rieb sich so an seinen Beinen, wie es nur eine Gefährtin tun würde. Roy starrte hin. Wow. Hatte sie mitgeholfen, Ty weicher werden zu lassen? Nun ja, *weich* traf es vielleicht nicht ganz, denn ein Fels würde immer ein Fels bleiben. Aber sogar die Kanten von Granit konnte man mit der Zeit glätten.

Hinter Ty grinste Tina und übermittelte Roy eine süßsaure Bemerkung. *Manchmal ändern sich sogar Leute, bei denen man es nie für möglich gehalten hätte. Bei Ty war es ein kleines Wunder, aber es stimmt.* Dann schmunzelte sie. *Du solltest erst meinen Vater sehen.*

Roy musste wohl zusammengezuckt sein, denn Tina lachte. *Keine Sorge. Er ist nach Colorado gezogen. Du wirst feststellen, dass es auf der Ranch mittlerweile entspannter zugeht.*

Sein Herzschlag beschleunigte sich bei dem Gedanken – auf erfreuliche Weise.

„Alles gut?", fragte Ty.

Roy holte tief Luft und überlegte. Sein Körper schmerzte zwar, aber er konnte fühlen, dass seine Gestaltwandlerheilung bereits einsetzte. Wichtiger noch, Andie ging es gut – und es schien in Ordnung für sie zu sein, was er war.

Obendrein freute sich das Rudel darüber, ihn zu sehen, statt ihn mit Argwohn zu betrachten und die Befürchtung zu vermitteln, er könnte abtrünnig, verrückt oder schizophren geworden sein. Also hm. Vielleicht hatte sein großer Fehler nicht darin bestanden, nach Hause zurückzukehren, sondern vielmehr darin, dass er überhaupt erst gegangen war.

Andererseits befand er sich streng genommen nicht zu Hause. Der hohe Felsen lag am Stadtrand und einige Meilen außerhalb des Rudelgebiets. Dass man ihn hier akzeptierte, hieß nicht zwingend, er würde auch auf der Ranch willkommen sein. Hinzu kam, dass man dort keine Menschen haben wollte, und ohne seine Gefährtin würde er nirgendwo hingehen.

Roy hielt den Atem an, als sich Ty an Andie wandte.

„Alles in Ordnung, Fräulein?" Als Kyle ein Grollen anstimmte, korrigierte sich Ty. „Officer, meine ich."

Kacke, Kacke, Kacke. Prompt wurde Roy wieder angespannt. Andie verkörperte alles, wovon Gestaltwandler nicht entdeckt werden wollten – Menschen und das Gesetz.

Andies Finger verharrten in Roys Fell, als sie nickte. „Ein bisschen geschockt, aber sonst passt alles. Danke."

Ty nickte, bevor er sich mit grimmiger Miene umsah. „Was für ein Schlamassel."

Aber statt mit den Fingern zu schnippen und ein paar Wölfen zu befehlen, Andie wegzubringen, wie Roy es befürchtet hatte, gab Ty drei anderen Wölfen ein Zeichen. „Du, du und du – ihr bleibt hier und räumt auf."

Die Wölfe bestätigten die Anweisung mit einem leisen Bellen. Wieder war Roy beeindruckt. Im Gegensatz zu seinem Vater schien Ty nicht gebieterisch zu herrschen, sondern mit Respekt.

„Cody, du bleibst auch und übernimmst das Kommando", fuhr Ty fort.

Cody nickte dazu und ging zu den anderen, um sich mit ihnen abzustimmen. *Puh.* Roys Befürchtungen, Menschen könnten den grausigen Schauplatz entdecken, wurden zerstreut.

Dann wandte sich Ty wieder nachdenklich Roy und Andie zu. Schließlich meinte er: „Wir haben viel zu besprechen..."

Aber da es schon so spät ist... warf Tina ein und bedachte ihren Bruder mit einem strengen Blick.

Ty runzelte die Stirn, bevor er nickte. „Ich denke, das kann auch warten." Kurz verstummte er und heftete seinen Alpha-Blick auf Andie. „Allerdings wüssten wir es zu schätzen, wenn du Stillschweigen bewahrst, bis wir Gelegenheit hatten, über alles zu reden."

Roy hatte schon Dutzende hartgesottene Gestaltwandler unter Tys Laserblick einknicken gesehen. Andie jedoch schluckte nur.

„Ich wüsste ohnehin nicht, was ich sagen sollte, also gern. Ich warte auf eine... äh... Erklärung." Ihr Blick wanderte über den Felsen und die Wölfe, bevor er sich schließlich auf Roy heftete.

Diesmal schluckte er schwer. Ja, er hatte wirklich verdammt viel zu erklären. Aber vorerst...

Ty musste seine Gedanken gelesen haben, denn mit sanfterer Stimme fragte er Andie: „Mitfahrgelegenheit gefällig?"

Roy runzelte die Stirn. Eine Fahrt wohin? Irgendwie war es Andie während all der Geschehnisse gelungen, gefasst zu bleiben. Aber sie mitten hinein ins Zuhause eines Wolfsrudels zu bringen, entsprach nicht dem, was sie im Moment brauchte.

Tina stupste Ty am Bein. Kurz lauschte er, was seine Schwester ihm gedanklich mitteilte. Dann nickte er langsam, bevor er wieder Andie ansah.

„Wie gesagt, wir können dich mitnehmen – wohin du willst. Cody kann dir dein Auto später bringen."

Andie atmete erleichtert aus, sah Roy an und nickte dann. „Zu mir nach Hause wäre toll. Danke."

Kapitel 22

Und so begab es sich, dass Roy die zweite Nacht seines Lebens in Andies Bett verbrachte – danach die dritte, die vierte und viele, viele weitere. Eine volle friedliche Woche mit ruhigen Tagen und glückseligen Nächten, unterbrochen nur von zwei kurzen Besuchen.

Als Erster kam Kyle am Vormittag nach dem Kampf vorbei. Er hatte bereits nach Yvette gesehen, der es gut ging, abgesehen davon, dass sie noch völlig aus dem Häuschen war. Sie war überzeugt davon, dass Stanton nicht nur Brady umgebracht hatte, sondern zudem ein Skinwalker war. Aber da sie seine Verwandlung nicht gesehen hatte, konnte Kyle sie überreden, die Geschichte weder der Polizei noch sonst jemandem zu erzählen.

Ein Freund eines Freunds hat den Kontakt zu Stanton hergestellt, hatte sie Kyle geschildert. *Er hat nach dem Richtigen dafür geklungen, Leute zu verscheuchen und zu verhindern, dass die Lazy Q Ranch von Bauunternehmern zerpflückt wird. Aber verflucht. Das erzähle ich der Polizei lieber auch nicht.*

Kyle zwinkerte Andie zu, als er den Teil berichtete. *Wäre wohl besser,* hatte er zu Yvette bestätigend gemeint. *Puh.* Diese Front schien gesichert zu sein.

Kyle ergänzte außerdem Roys lückenhafte Erinnerungen an Stanton um Auskünfte, die er auf der Twin Moon Ranch erhalten hatte.

Anscheinend hat der Typ wirklich zu dir aufgeschaut, sagte Kyle, womit er Roy verblüffte. *Nachdem du gegangen warst, hat er immer wieder davon geredet, auch alles hinter sich zu lassen und zur Natur zurückzukehren. Am Ende ist er von der Ranch verbannt worden. Was er angestellt hat... Na ja, viel-*

leicht hat er es gut gemeint. Nur wie er es angegangen ist... Kyle schüttelte den Kopf.

In gewisser Weise brachte Roy sogar Mitgefühl für Stanton auf, weil er aus eigener Erfahrung wusste, wie schwer es war, einer verkorksten Vergangenheit zu entkommen. Schon er hatte sich den Großteil seines Lebens wie ein Außenseiter gefühlt. Stanton hatte es mit seiner ungewöhnlichen, gemischten Gestaltwandlerseite noch härter gehabt.

Niemand auf der Ranch versteht, warum er es verheimlicht hat, sagte Kyle. *Man hätte ihn akzeptiert, wenn man es gewusst hätte.*

Davon war Roy weniger überzeugt – jedenfalls nicht im damaligen Umfeld der Ranch.

Unabhängig davon fiel es nicht leicht, Mitgefühl für einen so skrupellosen Mann aufzubringen.

Eindeutig einer der hoffnungslosen Fälle, wie Andie gesagt hatte.

In der Zentrale hatte Kyle gemeldet, Andie hätte sich eine schwere Erkältung eingefangen und müsste für ein paar Tage das Bett hüten.

„Es hat geheißen, du sollst ruhig zu Hause bleiben, damit du nicht alle anderen ansteckst." Kyle grinste.

Bei der ersten Begegnung war Roy nicht sicher gewesen, was er von dem Mann halten sollte. Mittlerweile erkannte er, dass Andies Vertrauen in Kyle durchaus begründet war.

Und Gott sei Dank, denn es half Andie erheblich, die Neuigkeit zu verdauen, dass es eine Welt von Gestaltwandlern gab. Kyles ruhige tröstliche Art trug ebenso dazu bei wie sein Hintergrund als Gesetzeshüter.

Am Ende blieb Kyle stundenlang. Schließlich stieß sogar seine Gefährtin Stefanie dazu. Beide waren erst als Erwachsene zu Gestaltwandlern geworden. Auch das zeigte beruhigende Wirkung bei Andie.

Der zweite Besuch waren Ty, Lana und Tina – die Leitwölfe der Twin Moon Ranch. Eine gemütliche Nachbesprechung, wie Tina es ausdrückte. Dabei berichteten Roy und Andie alles, was sie über Stanton und die Lazy Q Ranch beobachtet hatten.

Anfangs war Andie bei der Aussicht auf einen Besuch von drei weiteren Menschen, die sich in Wölfe verwandeln konnten, ein wenig mulmig zumute gewesen, obwohl man es ihr kaum angemerkt hatte. Zudem bemühten sich Lana und Tina genauso sehr wie Kyle, sie zu beruhigen.

Jeder Mensch hat eine animalische Seite, hatte Tina augenzwinkernd erklärt. *Hast du noch nie zum Vollmond hochgeschaut und vor Freude heulen wollen?*

Darüber musste Andie lächeln, und Roy dachte an die vielen Male zurück, die sie auf ihrem Felsbrocken gesessen und die Sterne und den Mond betrachtet hatte.

Doch, denke schon, räumte Andie ein. *Vielleicht sogar öfter, als ich mir eingestehen wollte.*

Also puh. Begegnungen wie diese trugen dazu bei, eine Welt von Gestaltwandlern normaler erscheinen zu lassen.

Als sie zum Gehen aufstanden, schien Ty zufrieden damit zu sein, alle offenen Fragen geklärt zu haben – bis auf eine.

„Jetzt müssen wir uns nur noch darum kümmern, wie es mit der Lazy Q Ranch weitergeht", hatte er seufzend gemeint.

Seine Gefährtin Lana hatte verschmitzt dazu genickt. „Lass mich nur machen."

Roy wusste nicht, was Lana vorschwebte, und er hatte auch nicht danach gefragt.

Abgesehen davon blieben Roy und Andie ungestört. Zwar bewachten sicherheitshalber einige Wölfe von der Twin Moon Ranch das Gebiet, doch sie hielten Abstand. Dasselbe galt für die Polizei. Die Beamten trieben sich in der Gegend herum, ermittelten im ungelösten Mordfall Brady – und suchten nach dem immer noch verschwundenen Kasuar.

Aber im Großen und Ganzen kehrte Ruhe in Andies kleines Fleckchen vom Paradies ein, und das genügte Roy vollauf. Endlich hatte er einen Platz gefunden, an den er passte.

Einen Ort, an dem er sich weder zum Leben auf der Ranch noch in der Wildnis zwingen musste. Er könnte das richtige Maß an Abstand zu beidem wahren.

Und null Abstand zu unserer Gefährtin, kam schmunzelnd von seinem Wolf.

Er hielt sie fest und sie ihn. Stundenlang unterhielten sie sich miteinander und erklärten sich gegenseitig so viel. Über die Vergangenheit. Über die Gegenwart. Über ihre Hoffnungen für die Zukunft.

Andie hatte ihn mehrmals aufgefordert, sich in Wolfsgestalt und zurück zu verwandeln. Jedes Mal hatte sie dabei den Kopf geschüttelt.

„Verblüffend", hatte sie einmal dazu gemeint.

„Unglaublich", flüsternd ein anderes Mal.

Aber auf ewig in Roys Herz gebrannt hatte sich der Moment, als sie sich hingekniet, sein Fell gestreichelt, die Arme um seinen Hals geworfen und gemurmelt hatte: „Gott, hast du mir gefehlt, Buck."

So hatten sie lange verharrt, die Lider geschlossen, die Herzen erfüllt.

Dann hatte Andie ihm tief in die Augen gesehen und die Begebenheit noch denkwürdiger gemacht. „Ihr habt mir beide gefehlt. Jedes Mal, wenn ihr weg wart, meine ich." Sie schluckte, bevor sie das Gesicht an seinem Fell vergrub. „Irgendwie habe ich es tief in mir geahnt. Ich habe geahnt, dass du Buck bist und umgekehrt."

Ich habe es auch gewusst, hatte er in schnaubender Wolfssprache erwidert. *Ich habe gewusst, dass du meine Gefährtin bist.*

Dieses Konzept zu erklären, war am heikelsten. Denn wie und wann sollte ein Mann mit so etwas herausplatzen?

Schließlich fand Roy eines Abends die richtige Gelegenheit. Sie waren ein bisschen langsam und schüchtern ins Bett gegangen, wo sie sich kopfüber in hemmungslose, keuchende Leidenschaft gestürzt hatten, da schon nach den ersten zarten Küssen ein rasendes Verlangen entfacht war, dem beide nicht widerstehen konnten.

„Ist das eine Eigenart von Wölfen?" Andie unterbrach einen innigen Kuss, um ihm die Kleidung vom Leib zu reißen. „Ich meine, habe ich deshalb das Gefühl, sterben zu müssen, wenn ich dich nicht bekomme?"

Roy sah ihr tief in die Augen und flüsterte: „Das liegt daran, dass wir Gefährten sind. Wir sind füreinander bestimmt."

Mehr fügte er an der Stelle nicht hinzu, weil er zu beschäftigt damit war, sie aus dem Rest der Kleidung zu schälen. Dann wurde er von Küssen abgelenkt, die ihn von ihrem Mund zu ihren Brüsten und weiter nach unten führten. Und anschließend konnte er nicht mehr klar denken, weil Andie seinen Kopf zu ihrer Scham lenkte, wo er sie beide zu einem wilden, heftigen Orgasmus leckte.

Erst danach, als sie beide schwer atmend und schwitzend auf der Matratze lagen, bekam er seine Sinne ausreichend zusammen, um ihr Gefährten, Instinkte und heilige, ewig währende Bande zu erklären.

„Paarungsbiss?" Bei dem Wort bekam Andie große Augen.

Sie waren noch nicht lange genug intim miteinander, dass er alle ihre Vorlieben kannte, aber er wusste bereits, dass sie mit perversen Dingen nichts am Hut hatte.

Gleich darauf jedoch hatten ihre Augen gefunkelt, und sie akzeptierte es wie so Vieles aus der Welt der Gestaltwandler überraschend gelassen, als wäre es in ihrer DNA verschlüsselt und bräche nun aus ihr hervor. Vielleicht hatte Tina recht – damit, dass jeder Mensch eine animalische Seite besaß, die unter den richtigen Umständen erweckt werden konnte.

„Ein Biss... wohin?" Ihre Stimme wurde sinnlich, während sie mit den Händen über seinen Körper fuhr.

Bald danach folgten ihre Lippen, und Roy konnte sich nur noch zurücklehnen und vor sich hin murmeln.

„Hier?" Sie küsste sein Ohr und umkreiste gleichzeitig mit dem Finger einen Nippel.

„Nah dran", brachte er hervor.

Grinsend legte sie die Finger um seinen prallen Schaft. „Hier?"

Er warf den Kopf zurück, während sie ihn streichelte, bevor er murmelte: „Dort wird nicht gebissen, Lady. Aber bitte... hör nicht auf."

Mit einem leisen Lachen wanderte ihr Kopf tiefer... tiefer...

Seine Lippen bewegten sich lautlos, während sie ihn blies und an den Rand des Himmels beförderte.

„So schön", murmelte sie nach einigen weiteren gleitenden Bewegungen. „Aber zurück zum Beißen..." Sie kroch an seinem Körper hoch und küsste ihn auf den Mund, bevor sie sich zurückzog. „Vielleicht solltest du es mir einfach zeigen."

Roys innerer Wolf heulte auf, und es kostete ihn alle Selbstbeherrschung, nichts zu überstürzen.

„Also, man fängt so an...", murmelte er und bewegte sich sachte über ihren Körper. Dann *in* ihren Körper, erst langsam, schließlich tiefer. Bald wiegten sie sich in einem perfekten Takt miteinander und murmelten vor schierer Ekstase.

Andie legte den Kopf in den Nacken, entblößte ihren Hals, als wüsste sie bereits, wohin der Biss gehörte und wie gut er sich anfühlen würde.

Nur für alle Fälle hielt Roy inne und flüsterte: „Der Biss bedeutet für immer. Danach kannst du es dir nicht mehr anders überlegen."

„Ich will es für immer", stieß sie atemlos hervor und wölbte sich ihm entgegen. „Ich will dich. Bitte..."

Ihre Bewegungen brachten ihn wieder in Wallung, und er schloss die Augen, konzentrierte sich intensiv.

Ja, zischte sein innerer Wolf, als er die Eckzähne verlängerte.

Roy beugte sich vor und schmiegte sich an ihren Hals, während er den Rhythmus gleichmäßig aufrechterhielt.

„Ja..." Andie stöhnte und zog ihn näher zu sich.

Instinkte waren schon etwas Erstaunliches, dachte Roy. Instinkte und Schicksal, die sie beide leiteten.

Ihr Puls pochte unter seinen Lippen, Schweiß benetzte ihre Haut. Als er mit den Zähnen über die richtige Stelle schrammte, stöhnten sie beide auf. Und als er gleich darauf zubiss, langsam, aber stetig tiefer, entrang sich ihnen beiden ein Aufschrei.

Andie schlang die Beine fester um seine Taille und erinnerte ihn daran, die Bewegungen nicht zu vernachlässigen. *Ich brauche dich... will dich... für immer...*

Ihre Stimme ertönte glasklar in seinem Kopf und schraubte seine Ekstase in lichte Höhen. Sie gehörte ihm. Er gehörte ihr. Sie waren für immer miteinander verbunden.

Ich brauche dich, flüsterte er zurück. *Will dich. Für immer.*

Andies Lebensblut wirbelte nur eine Zellenbreite von seinen Eckzähnen entfernt. Mit einer letzten Anstrengung, die den Verstand verschwimmen ließ, senkte er die Zähne noch tiefer. Dann kamen sie beide mit einem gellenden, lustvollen Aufschrei. Sanftes, strahlendes Licht flutete Roys Geist und blendete ihn für alles außer der Euphorie des Augenblicks. Andie stöhnte, verlor sich in derselben Glückseligkeit.

Irgendwann kehrten Roys Sinne zurück, wenngleich er mehr ein Zeuge seines Körpers blieb als dessen Herr. Er spürte, wie sich seine Eckzähne zurückzogen und sich seine Zunge auf die Wunde an Andies Hals presste, bis die Haut verheilte. Dann erschlaffte er auf ihr, drückte sie in die Matratze.

Andie tätschelte eine lange Weile seinen Rücken, bevor sie verwundert flüsterte: „Ich kann mich sehen, aber in deinen Gedanken.“

Er rollte sich herum, bis er eng an ihre Seite geschmiegt neben ihr lag. „So ist das bei Gefährten. Es ist eine besondere Verbindung.“

Siehst du? fügte er einen Moment später hinzu, direkt in ihren Gedanken.

Siehst du, wie sehr ich dich liebe? ergänzte sein Wolf.

Andie lachte laut auf und streichelte ihn um sein Ohr herum, wie sein Wolf es mochte. „Ja, ich sehe dich auch.“ Dann verstummte sie, nahm sein Gesicht in die Hände und sprach in seinen Gedanken. *Also merkst du auch, wie gut ich mich fühle?*

Roy grinste. Das musste sie sein – die Krönung seines Lebens. Sein gesamtes Wesen pulsierte vor Freude und Zufriedenheit. Komisch war, dass er dasselbe schon vor einem Augenblick empfunden hatte – und in dem davor und noch früher auch. Vielleicht also gab es im Leben keinen einzelnen, schillernden Höhepunkt. Vielleicht konnte Glück auch anhalten. Womöglich sogar ein Leben lang.

Roy nickte, dann küsste er Andie. *Ja, das merke ich. Aber weißt du was?*

Er streichelte mit der Hand über ihre glatte, weiche Haut, wurde sofort wieder erregt.

Was? Ihre Augen funkelten, während sie mit dem Bein an seinem entlangstrich.

Ich glaube, ich kann dafür sorgen, dass du dich noch besser fühlst. Er legte die Hand auf ihre Brust, umspielte mit einem

Finger den Nippel.

Sie zog ihn näher. *Ich bin mir nicht sicher, ob wir den Biss noch toppen können, aber ich bin gern bereit, es zu versuchen.*

Er grinste. *Weißt du, das muss keine einmalige Sache bleiben. Wir können es wieder tun...* Er senkte den Kopf, um ihren Hals zu küssen. Prompt pulsierte ein weiterer Schwall heißer Lust durch seinen Körper. *Und wieder...*

Andie antwortete mit dem letzten verständlichen Wort, das sie beide eine Zeit lang von sich gaben. Fast die ganze Nacht lang, denn sie kamen noch mehrmals mit unbändiger Leidenschaft.

Wieder und wieder. Gefällt mir, wie sich das anhört.

Epilog

Drei Monate später...

Andie drückte die Tür ihres Streifenwagens zu und trat den Weg in die Zentrale an. Unterwegs traf sie mit den Officers Chavez und Lee zusammen. Kyle ging einen halben Schritt vor ihr und konnte es sichtlich kaum erwarten, nach Hause zu seiner Gefährtin zu eilen. Was Andie nachvollziehen konnte, da sie mittlerweile selbst eine glücklich gepaarte Gestaltwandlerin war.

Sie verkniff sich ein Grinsen. Schon komisch, wie sich das Leben verändern konnte.

Lee seufzte. „Wieder ein langer Tag. Aber wenigstens ein halbwegs normaler."

Andie nickte zustimmend. Sie hätte nie gedacht, dass ihr ein Einbruch, eine Straßensperre und die Verhaftung eines betrunkenen Fahrers – der zum Glück niemanden verletzt hatte –, je normal vorkommen würden. Aber so gefiel es ihr eindeutig besser als in den Tagen, die sie vor einigen Monaten ertragen musste.

„Ich weiß nicht recht," meinte Chavez scherzhaft. „Irgendwie fehlt mir die Action mit dem Skinwalker."

Lee schüttelte den Kopf. „Den hat es nie gegeben, schon vergessen? Wie sich herausgestellt hat, war es tatsächlich ein großer Vogel."

Andie hielt den Mund. Das entsprach nicht ganz der Wahrheit, sondern gehörte zu den vielen Lektionen, die sie in den letzten Monaten gelernt hatte.

Schlafende Hunde soll man nicht wecken, murmelte Kyle in ihren Gedanken.

Niemand hatte ihr so viel über Gestaltwandler beigebracht wie Roy. Aber Kyle erwies sich als Segen für die Orientierung dabei, wie man sich zwischen den Welten der Menschen und der Gestaltwandler zurechtfand – umso mehr, da er selbst Polizist war.

Also schwieg Andie. Wenn die Menschen glaubten, dass der Kasuar für die blutigen Angriffe verantwortlich zeichnete, dann gut. So konnten sowohl sie besser schlafen als auch die Gestaltwandler, die nicht fürchten mussten, dass die Menschen auf der Suche nach Übernatürlichem herumschnüffeln würden.

Hinzu kam, dass es so ein sauberer Abschluss war. Der entlaufende Kasuar mochte Brady nicht umgebracht haben, aber er hatte eine Woche nach dem Mord einen anderen Rancher bedroht. Der Vogel hätte dem Mann um ein Haar die Brust aufgeschlitzt. Zum Glück hatte die Freundin des Mannes schnell reagiert, den Vogel erschossen und damit die Spekulationen über einen Skinwalker ein für alle Mal beendet.

Nun ja, einige wenige wie Yvette glaubten immer noch daran. Aber die Presse und der Großteil der Öffentlichkeit hatten die Aufmerksamkeit längst anderen Geschichten zugewandt, beispielsweise einer spektakulären Drogenrazzia im Haus eines ehemaligen Richters.

Chavez schmunzelte. „Wir können ja noch darauf hoffen, dass der Geist in der alten Kupfermine wieder zu spuken anfängt."

Alle lachten, bevor sie sich der Routine zum Schichtende widmeten – die Ausrüstung abgeben, die Tagesberichte abzeichnen, Uniformjacken gegen Zivilkleidung tauschen. Andie spulte alles im Expresstempo ab.

„Wow. Da hat es aber jemand eilig", zog Chavez sie auf, als sie auf die Tür zusteuerte. „Hast du ein heißes Date?"

Andie warf ihm einen Blick zu, wurde aber nicht langsamer. Ja, hatte sie tatsächlich – wenn man darunter verstand, in Wolfsgestalt bei Vollmond einen Auslauf zu unternehmen.

Lee lachte. „Andie hat neuerdings jeden Abend ein heißes Date. Mit ihrem neuen Mann. Sie ist fast so schlimm wie Kyle, als er damals Stefanie kennengelernt hat."

Andie lachte. Wenn sie nur wüssten, wie mächtig Gestaltwandlerliebe war.

Und ha – darunter fiel sie mittlerweile selbst. Sie war eine Gestaltwandlerin! Sogar nach drei Monaten verblüffte sie der Gedanke noch. Tina hatte recht behalten – ihre zweite Seite war langsam und völlig natürlich zum Vorschein gekommen, ähnlich wie manche Menschen eine neue Phase im Leben begannen oder neue Interessen entwickelten. Gestaltwandlerin zu werden, ließ sich zwar nicht damit vergleichen, sich Yoga oder Wasserfarbenmalerei zuzuwenden, aber es war keine so aufsehenerregende Veränderung gewesen, wie Andie gedacht hatte.

„Keine Scherze über wahre Liebe", gab Kyle mit knurrendem Unterton zurück.

Dazu zwinkerte er, bevor er in Andies Kopf flüsterte, wie es alle Rudelmitglieder konnten.

Heute Nacht ist Vollmond. Sehen wir dich und Roy?

Wir sehen uns bald, flüsterte sie bestätigend zurück, bevor sie den anderen zum Abschied winkte. „Tschüss, Leute. Benehmt euch."

„Ha", lachte Chavez. „Du meinst, während du damit beschäftigt bist, verrucht zu sein?"

Andie beschloss, die Äußerung keines Kommentars zu würdigen. Als sie durch die Tür hinaustrat, wandte sich Chavez bereits einem neuen Thema zu.

„Ich denke, ich sollte mal beim Chef vorstellig werden. Vielleicht kriege ich endlich meine überfällige Beförderung."

„Und vielleicht gewinne ich im Lotto", gab Lee seufzend zurück.

Andie schmunzelte auf dem Weg zum Auto. Manche Dinge änderten sich nie, was sie bei all den Umbrüchen in ihrem Privatleben als tröstlich empfand.

Auf dem Heimweg reizte sie das erlaubte Tempolimit voll aus. Langsamer wurde sie erst, als der Asphalt in eine Schotterpiste überging. Unterwegs ließ sie die Schönheit der Umgebung auf sich wirken. Die atemberaubende Farbenpracht des Sonnenuntergangs. Die ersten Frühlingstriebe an den Straßenrändern. Die über den majestätischen Pappeln entlang des gekrümmten Bachlaufs flatternden Fledermäuse.

Gott, was liebte sie Arizona. Die erlesenen Einzelheiten, die weitläufigen Mesas. Die subtilen Jahreszeiten. Aber am meisten...

Am meisten liebe ich meinen Gefährten, meldete sich ihre innere Wölfin zu Wort. *Also beeil dich.*

Auch ihre animalische Seite zu hören, empfand sie bereits als vollkommen natürlich. Es ähnelte den Selbstgesprächen, die sie ihr Leben lang geführt hatte, nur mit tieferer Stimme und direkter – und bisweilen ein wenig verruchter.

Ihr Herzschlag beschleunigte sich, als sie die Stelle erreichte, die einen Ausblick auf das Tal bot, das sie als Zuhause betrachtete. Auf der Lazy Q Ranch brannten Lichter. Dort war eine liebenswürdige, fleißige neue Leiterin eingezogen. MaryLynn, Wölfin und Mutter von zwei Kindern, war von den neuen Besitzern eingestellt worden – den Wölfen der Twin Moon Ranch.

Finanziell ist es ein großer Brocken, hatte Tina Hawthorne vor zwei Monaten gemeint, *aber ich denke, es wird sich lohnen. Je mehr Puffer wir zur Außenwelt haben, desto besser.*

Auch José konnte überredet werden, zur Arbeit zurückzukehren. Andie liebte es, ihn auf seinem Palomino vorbeireiten zu sehen, wenn er mit Lucky die Ziegen hütete.

MaryLynn als Geschäftsführerin und ihr Gefährte, ein Bärengestaltwandler, als Verwalter erwiesen sich als enorme Verbesserung gegenüber früher. Am besten fand Andie, dass Roy zum neuen Sicherheitsleiter der Lazy Q Ranch geworden war. Der perfekte Job, weil er dadurch tagsüber als Mensch oder Wolf die Wüste durchstreifen konnte.

Manche Abende verbrachte er ebenso wie Andie im *Lone Wolf.* Es begeisterte sie, wenn sie das Lokal betrat und ihn beim Damespielen mit Mick erblickte. So sehr, dass sie in der Regel eine Weile an der Tür innehielt, um die beiden zu beobachten.

Rita tat es ihr meist hinter der Theke gleich, mit strahlender Miene.

Mein Vater hatte schon recht, hatte Andie der Frau einst anvertraut. *Bei aller Grausamkeit auf der Welt gibt es auch Gutes. Glück. Liebe. Lachen.*

Auch in diesem Moment sah Andie es vor sich – Roy beim Ziehen eines Spielsteins für Mick, bevor er über seinen eigenen

Zug nachdachte und dabei aus dem Augenwinkel immer die Gäste im Blick behielt. Sobald jemand auch nur ansatzweise ungehobelt wurde, reagierte Roy mit einem finsteren Blick oder einem Knurren in die Richtung des Übeltäters. Der jedes Mal erbleichte und sich prompt wieder zu benehmen wusste.

Ist praktisch, euch beide hier zu haben, hatte Rita einmal gemeint.

Andie hatte darüber gegrinst. *Für uns ist es praktisch, einen Ort zum Abhängen zu haben. Sonst würden wir nie unter Leute kommen.*

Das stimmte. Weder Roy noch sie waren besonders gesellig, aber das *Lone Wolf* bot eine Möglichkeit, auf eine zu ihnen passende Weise mit der Welt der Menschen in Berührung zu bleiben.

Die Abende dort endeten jedes Mal damit, dass Andie etwas verkündete wie: *Tja, ich schleife Roy ja ungern weg, aber...*

Ihre Wölfin fügte dann stets leise kichernd hinzu: *Aber ich muss echt dringend nach Hause und mich entblättern.*

Nun entfachte das Wissen, dass Roy bereits zu Hause auf sie wartete, heftige Empfindungen in ihr.

Sie bog scharf nach rechts auf den eine halbe Meile langen Weg, der als ihre Zufahrt diente, hatte es fast geschafft. Und gut so, denn die Sonne tauchte gerade hinter den Horizont. Andie parkte den Pick-up und eilte ins Haus.

„Roy?"

Ihre Stimme hallte durch Stille, was sie jedoch nicht beunruhigte. Auf dem Weg durch das verwaiste Haus entledigte sie sich ihrer Kleidung. Weg mit der Jacke, dem Pullover, dem Shirt. Raus aus den Stiefeln und der Hose.

Die Socken ließ sie auf der hinteren Veranda zurück, bevor sie nur in Unterwäsche und mit einem Paar Flipflops in die Wüste marschierte. Eine Gänsehaut überzog ihren Körper, allerdings mehr vor lauter Vorfreude, weniger wegen der kühlen Frühlingsluft. Sie legte den Kopf in den Nacken und schaute zu den ersten, schwach funkelnden Sternen auf, bevor sie den Weg zu ihrem besonderen Felsbrocken fortsetzte.

„Buck?", flüsterte Andie in die Nacht.

Ja, in Wolfsgestalt betrachtete sie ihren Gefährten immer noch als Buck, in Menschengestalt hingegen als Roy. Schließlich hatte sie ihn so kennengelernt, und es funktionierte für sie beide.

„Bist du da draußen?" Andie lächelte, weil sie es wusste. Sie konnte ihren Gefährten überall spüren, genauso wie er sie umgekehrt.

Ihr Herz schlug ein wenig schneller, ihr Lächeln wurde breiter. Es raschelte im Gebüsch, doch Buck kam nicht heraus.

„Was für ein Schäker." Sie seufzte. „Tja, das kann man auch zu zweit spielen." Sie fasste nach hinten, um ihren BH zu lösen und ihn langsam, sinnlich abzustreifen. Sie ließ ihn auf den Felsbrocken fallen, bevor sie die Daumen unter den Saum ihres Slips hakte und ihn mit einem Wackeln der Hüften nach unten schob.

In den Büschen rührte sich nichts mehr, und Andie spürte, wie Buck sie gebannt beobachtete.

Sie warf den Slip beiseite und rieb sich die Arme. „Ist ein bisschen kalt hier draußen."

Kalt genug, dass sich ihre Nippel aufrichteten – oder lag das eher an ihrer Libido?

Es ist überhaupt nicht kalt, murmelte ihre Wölfin. *Tatsächlich ziemlich warm.*

Sengend heiß traf es noch eher, vor allem, als Buck in Sicht kam und schwanzwedelnd um den Felsbrocken kreiste.

Diese Frau gehört mir, verkündeten seine Bewegungen. *Hier ist mein Territorium. Zweifle besser nicht daran, Welt.*

„Da bist du ja", murmelte Andie und ließ ihn seine Ansprüche abstecken. Das gehörte zu den Wolfsinstinkten, die sie mittlerweile kannte. Und verdammt. Sie selbst würde Anspruch auf ihn erheben, sobald sie sich in Wolfsgestalt verwandelte und sich an seinem langen, harten Körper riebe.

Lang... Hart... Ihre Wölfin kicherte.

Als wäre Andie nach einem langen Tag ohne ihren Gefährten nicht schon erregt genug.

„Also, was darf's sein?" Sie blickte auf ihn hinab. „Möglichkeit A oder B?"

Die Einzelheiten übermittelte sie ihm in Form von Bildern in den Kopf. Bei Möglichkeit A trieben sie es nackt und verschwitzt in menschlicher Gestalt wie die Karnickel gleich hier auf dem Felsbrocken. Bei der zweiten Möglichkeit trotteten sie in Wolfsgestalt zu einer Mesa und heulten im Licht der Sterne den Vollmond an. Letzteres mochte für einen Menschen wenig reizvoll sein, doch ihre Wolfsseite fühlte sich hin- und hergerissen.

„Warum nicht beides?", schlug Roy mit belegter Stimme vor. Er hatte sich innerhalb eines Wimpernschlags verwandelt und hinterließ ein leichtes Flimmern in der Luft, als er sich zu voller Größe aufrichtete.

Seine definierten Bauchmuskeln spannten sich ebenso wie die harten Oberarme an, als er auf den Felsbrocken kletterte. Kaum befand er sich nah genug, schlang Andie die Arme um ihn.

„Wir könnten dem Mond noch ein bisschen Zeit zum Aufgehen lassen."

Und damit stürzte sich Andy in einen leidenschaftlichen, begierigen Kuss. Wenige Minuten später befanden sie sich auf dem Felsbrocken in der Horizontalen, die Gliedmaßen ineinander verschlungen, die Lippen aufeinandergepresst.

„Ja..." Andie stöhnte, als er tief in sie glitt.

Bald bewegte sie sich im Takt mit seinem Körper, nahm ihn mit jedem Stoß tiefer auf. Der Himmel, die Sterne und die atemberaubende Landschaft verschwammen um sie herum. Ihre Welt schrumpfte auf ihrer beider Körper und das rasende Verlangen in ihr zusammen.

Gefährte... Ihre innere Wölfin stöhnte mit einer Mischung aus Lust und Gier. *Mehr. Bitte...*

Sein Duft berauschte sie, ließ sie lauthals nach mehr verlangen... mehr...

Mit einem Schauder kam Andie, schnappte nach Luft und klammerte sich an Roys Schultern fest.

Er hatte den Kopf zurückgelegt und die Zähne gebleckt, genauso von Ekstase erfasst wie sie.

Schließlich nahm sie die Sterne und die Geräusche der nächtlichen Wüste wieder deutlich wahr. Als sich Roy neben sie legte, tauchte der aufgehende Mond sie beide in sein reines, fahles Licht.

Andie tätschelte Roy, bevor sie kicherte und ihn damit zum Aufschauen brachte.

„Was ist?"

Andie lachte. „Ich will alles. Dich. Das hier. Den Lauf zur Mesa..."

Er grinste. „Willkommen im Leben einer Gestaltwandlerin."

Ein paar Minuten lang lagen sie selig da, bevor sie sich schließlich rührten und hinunter auf den Boden kletterten.

„Nach dir." Roy gestikulierte galant mit dem Arm.

Andie verbarg ein Lächeln. Ihr Gefährte hatte eine Schwäche dafür, sie zu beobachten. Und offen gestanden fand sie es spitze, wie sie sich dabei fühlte. Wunderschön. Sexy. Begehrt. Alles Dinge, die bei ihrem Job nichts zu suchen hatten.

Langsam sank sie auf alle Viere und schloss die Augen. Sie stellte sich längere Ohren und einen Schwanz vor, wackelte mit den Hüften und atmete tief ein. Das Licht des Monds lockte ihre innere Wölfin heraus, während sich gleichzeitig ihre menschliche Seite zurückzog.

Als sie blinzelte und sich streckte, hatte sie sich in Wolfsgestalt verwandelt, die Schultern tief, den Schwanz hoch erhoben. Einen Moment lang verharrte sie, immer noch erstaunt darüber, dass diese Wölfin wirklich sie war. Dann streckte sie die Nase vor und schüttelte sich wohlig, eine Bewegung von der Spitze der Schnauze bis hin zum Schwanz.

Roy tat es ihr gleich, bevor sie eine Minute damit verbrachten, sich gegenseitig besitzergreifend aneinander zu reiben.

Mein, verkündete sein Wolf wieder und wieder.

Nein, mein. Sie duckte sich unter dem rauen Fell an seinem Hals hindurch und schnippte mit dem Schwanz.

Dann brachen sie auf, trotteten leichtfüßig nebeneinander her. Der Boden verschwamm unter ihren Pfoten, während die Gerüche ineinanderflossen, die ihre empfindliche Nase bestürmten – Salbei, Heidekraut und das süßliche Aroma von Kaktusfeigen. Als Wölfin nahm sie die Wüste wie einen alten Film in Schwarz, Weiß und dramatischen Schattierungen von Grau wahr, in denen sich die Konturen der Mesa vor ihr abzeichneten. Oben angekommen hielten sie inne und betrachteten, was sich wie ihr eigenes Königreich anfühlte.

Aber nicht nur ihres, woran sie das sonore Geheul erinnerte, das sich überall um sie herum erhob. Andie liebte es genauso sehr wie Roy, in einem eigenen Freiraum zu leben. Gleichzeitig gehörten sie einem Flickenteppich an, den eine starke Rudelbindung miteinander verknüpfte, von der Twin Moon Ranch über die Lazy Q Ranch bis hin zu Tina Hawthorne-Riveras Zuhause auf der Seymour Ranch.

Andie staunte über das Ausmaß der geheimen Welt, in die sie aufgenommen worden war, worüber sie sich unendlich glücklich schätzte.

Roy stupste sie ungeduldig. *Bereit?*

Sie grinste. In den frühen Tagen als Mitglied des Rudels der Twin Moon Ranch hatte sich Roy damit begnügt, abseits der anderen auf der Mesa zu heulen. Neuerdings jedoch...

Bereit.

Prompt preschten sie beide los und bahnten sich im Zickzack einen Weg die andere Seite des Tafelbergs hinab. Als sie die Talsohle erreichten, beschleunigten sie die Schritte zu einer Senke, wo prompt ein freudiges Jaulen ausbrach.

Roy! Andie! Wie schön, dass ihr es geschafft habt!

Das würden wir uns doch nicht entgehen lassen, versicherte Roy den anderen mit einem herzlichen Schnauben.

Seine Mutter befand sich nicht unter ihnen, weil sie die Ranch wenige Jahre nach ihm verlassen hatte. Offenbar lebte sie mittlerweile in New Mexico, wo es ihr gutging. Andie und Roy würden sie dort besuchen... irgendwann. Vorerst weilten ihre Herzen und Gedanken fest in der Gegenwart.

Andie kläffte, als zwei Wölfe angerannt kamen, um Roy und sie mit wedelnden Schwänzen zur Begrüßung zu beschnuppern. Sofort verfielen Cody und Roy in eine verspielte Balgerei, bäumten sich auf die Hinterpfoten auf und schnappten durch die Luft.

Heather lachte. *Jungs, Jungs.*

Mit Wolfsgelächter ließen sie voneinander ab und gesellten sich wieder zu ihren Gefährtinnen, als Kyle und Stefanie angetrabt kamen.

Hallo, ihr zwei, rief Stefanie.

Kyle schenkte Andie ein reumütiges Grinsen, das sie erwiderte. Bei der Arbeit hatten sie sich immer gut verstanden, aber außer Dienst hatte sie früher eine Mauer voneinander getrennt. Als Rudelkameraden war dem nicht mehr so. Kyle und Stefanie waren zu ihren engsten Freunden geworden.

Vergnügt kläffend versammelten sich alle zu einem fröhlichen Haufen.

Du schon wieder, scherzte Kyle.

Andie lachte. Ja, sie schon wieder. Aber eine freiere, unbeschwertere Version als bei der Arbeit.

Als ein tiefes Schnauben ertönte, schauten alle auf. Ty, der Alpha des Rudels, überblickte die Szene von einem Felsvorsprung. Neben ihm wedelte Lana mit dem Schwanz.

Andie jaulte zur Begrüßung, während Roy das Kinn als Zeichen des Respekts neigte. Ty hielt nicht viel von Förmlichkeiten – Gott sei Dank, denn Andie hatte Geschichten über seinen Vater gehört, den früheren Alpha. Dennoch reagierte man unwillkürlich auf die Autorität, die er ausstrahlte.

Hallo, zusammen! rief Lana, womit sie dafür sorgte, dass die Stimmung locker blieb. *Rae und Zack sollten bald hier sein.*

Andie wedelte freudig mit dem Schwanz, dann lachte sie über sich selbst. Früher hätte Andie jemanden für verrückt erklärt, der ihr gesagt hätte, sie würde sich eines Tages als Wolfsgestaltwandlerin darauf freuen, bei Vollmond mit Rae auszulaufen, der legendären Herrin der Jagd. Nun jedoch war es eingetreten, und sie genoss jede Minute ihres neuen Lebens.

Der Rest des Rudels traf nacheinander oder paarweise ein. Tina und Rick kamen ein wenig außer Atem aus der Richtung der Seymour Ranch angetrabt.

Entschuldigung. Tante Milly springt als Babysitterin ein, aber sie hat sich ein bisschen verspätet, erklärte Tina lächelnd.

Rick warf sich leicht in die Brust, als wäre ihr kleines Mädchen die kostbarste Ergänzung des Rudels.

Gut, dass sich die stolzen Väter keinen Wettbewerb lieferten, denn Cody, Ty und Kyle sahen es für ihre Kinder genauso.

Der Boden erzitterte unter schweren Hufschlägen, als Axel eintraf, der riesige Wildschweingestaltwandler. An seiner Seite erschien lächelnd seine Gefährtin Beth.

Hallo, zusammen, murmelte die Wölfin, während Axel mit einem Huf über die Erde scharrte. Beide waren ein wenig schüchtern, konnten aber wild kämpfen, wenn es darum ging, das Rudel zu verteidigen.

Alle mischten sich aufgeregt plaudernd durcheinander. Das Rudel versammelte sich regelmäßig, aber nie mit so viel Vorfreude wie in Vollmondnächten. Als Rae und Zack in Sicht trabten, brach ein Chor freudigen Bellens und ungeduldigen Kläffens los.

Rae drehte eine kurze Runde durch die Versammelten, dann setzte sie sich in die Mitte der Lichtung und schaute zu Ty hoch. Erwartungsvolle Stille breitete sich aus, und Andies Herz pochte wild. Sie beugte sich zu Roy.

Den Teil liebe ich. Wo wäre ich jetzt, wenn du mir nicht geholfen hättest, Teil dieses Rudels zu werden?

Er rieb mit dem Kinn über ihren Hals. *Ich liebe das auch. Und wo wäre ich jetzt, wenn du mir nicht geholfen hättest?*

Alle warteten, während Ty tief einatmete, bevor er die Schnauze hob und ein langes, an- und abschwellendes Geheul anstimmte. Als er verstummte, bildete sein Echo weit und breit das einzige Geräusch. Als Ty für ein zweites, noch längeres Heulen tief Luft holte, stimmte Lana mit ein, anschließend nacheinander auch die anderen.

Roy hob die Schnauze und heulte, fügte die Stimme dem Chor hinzu.

Arrruuuu...

Als Mensch hätte Andie die Laute vielleicht als traurig empfunden. Und auf manches Geheul traf das auch zu. Meist jedoch nicht, so wie diesmal. Roy sang ein Lied über Freude und Zugehörigkeit. Über Liebe, Hoffnung und Heimat.

Andie holte tief Luft und stimmte darin ein.

Arrruuuu. Ihre höhere, weichere Stimme gesellte sich zu der von Roy und dem Geheul der anderen. Überall um Andie herum verwoben sich die Noten miteinander, umhüllten Roy und sie. Die Klänge vermittelten: *Wir sind alle vom selben Schlag. Wir gehören alle zusammen.*

Andie lehnte sich an ihren Gefährten, während sie ihr Lied in Richtung des Himmels, der Sterne und des Monds schickte.

Seit Jahren hatte sie das Gefühl gehabt, dass ihr irgendetwas fehlte. Nun war jegliche Leere in ihr gefüllt.

Ich danke dir, flüsterte sie ihrer wahren Liebe ins Ohr.

Roy senkte den Kopf, bevor er seine dankbare Melodie fortsetzte.

Nein. Ich danke dir, meine Gefährtin

Sneak Peek: Verlangen des Bären

Er hat sie nicht vergessen — und sie hat ihm ganz sicher nicht vergeben.

Jessica Macks ist eine Wölfin auf der Flucht vor einer Bande mörderische Abtrünniger. Als sie einen Job in einer Kneipe findet, scheint es ein sicherer Zufluchtsort vor ihrem verfolgten Leben auf der Straße zu sein. Doch sobald sie durch die Schwingtüren des Blue Moon Saloons eintritt und dem Mann gegenübersteht, den sie einst geliebt hat, will sie am liebsten sofort wieder verschwinden. Für diesen vedammten Bärengestaltwandler wird sie ihr Herz auf gar keinen Fall noch einmal riskieren.

Simon Voss dachte, er hätte bei dem Überfall vor einigen Monaten alles verloren: sein Zuhause, seine Familie, seine Vergangenheit. Sein neuer Job im Blue Moon Saloon ist ein dringend benötigter Neubeginn in seinem Leben. Doch dann taucht Jessica auf, die unwiderstehliche Wölfin, die er auf Verlangen seines Clans vor Jahren zurückweisen musste. Als Simon gezwungen ist, Seite an Seite mit der einzigen Frau zu arbeiten, die seinen Bären jemals in Aufruhr gebracht hat, schwebt er zwischen Himmel und Hölle. Er hat sie nicht vergessen und sie hat ihm ganz sicher nicht vergeben. Wird es nur zu erneutem Herzschmerz führen oder ist dies seine letzte Chance, seine Schicksalsgefährtin für sich zu gewinnen?

Hinter den Türen des Blue Moon Saloons begegnen Alpha-Gestaltwandler ihren dunkelsten Ängsten und tiefsten Sehnsüchten.

Weitere Titel von Anna Lowe

Die Wölfe der Twin Moon Ranch

Verlockung des Jägers (Buch 1)

Verlockung des Wolfes (Buch 2)

Verlockung des Mondes (Buch $2\frac{1}{2}$ – Vier Kurzgeschichten)

Verlockung des Alphas (Buch 3)

Verlockung der Wölfin (Buch 4)

Verlockung des Herzens (Buch 5)

Weihnachtsverlockung (Buch 6)

Verlockung der Rose (Buch 7)

Verlockung des Rebellen (Buch 8)

Verlockende Begierde (Buch 9)

Verlockung der Nacht (Buch 10)

Aloha Shifters - Juwelen des Herzens

Der Ruf des Drachen (Buch 1)

Der Ruf des Wolfes (Buch 2)

Der Ruf des Bären (Buch 3)

Der Ruf des Tigers (Buch 4)

Die Verlockung des Drachen (Buch 5)

Der Ruf des Fuchses (Buch 6)

Aloha Shifters - Perlen des Verlangens

Drachenrebell (Buch 1)

Bärenrebell (Buch 2)

Löwenrebell (Buch 3)

Wolfsrebell (Buch 4)

Rebellenherz (Buch 5)

Alpharebell (Buch 6)

Töchter des Feuers - Billionaires & Bodyguards

Töchter des Feuers: Paris (Buch 1)

Töchter des Feuers: London (Buch 2)

Töchter des Feuers: Rom (Buch 3)

Töchter des Feuers: Portugal (Buch 4)

Töchter des Feuers: Irland (Buch 5)

Töchter des Feuers: Schottland (Buch 6)

Töchter des Feuers: Venedig (Buch 7)

Töchter des Feuers: Griechenland (Buch 8)

Töchter des Feuers: Schweiz (Buch 9)

Die Bären des Blue Moon Saloons

Perfekte Gefährten (die Vorgeschichte)

Verlangen des Bären (Buch 1)

Verlangen des Wolfes (Buch 2)

Verlangen des Alphas (Buch 3)

Verlangen des Gefährten (Buch 4)

Verlangen der Wölfin (Buch 5)

Süßes Verlangen (ein Festtagsschmaus)

Gestaltwandler in Vegas

Wolfspoker

Bärenpoker

Pantherpoker

Drachenpoker

Karibische Abenteuerromantik

Funken der Lust

Prickelndes Wagnis

Süße Verstrickung

Verlockende Tiefe

Sinnliche Strömung

Travel Romance

Im englischen Original bei Amazon erhältlich.

Veiled Fantasies

Island Fantasies

www.annalowe.de

Über Anna Lowe

USA Today und Amazon Bestseller Autorin Anna Lowe schreibt fesselnde Romane mit tatkräftigen Heldinnen und unwiderstehlichen Helden in exotischen Umgebung, mit jeder Menge Zündstoff für scharfe Romantik.

Sie liebt Hunde, Sport und Reisen, die auch die Inspiration für Ihre Bücher liefern. Wenn Anna nicht gerade in die Arbeit an ihrem nächsten Buch vertieft ist, kannst Du Sie am Wochenende beim Wandern in den Bergen antreffen. Egal wo und wie – sie wird den Tag mit einem leckeren Stück Zartbitterschokolade ausklingen lassen.

Einfach mal vorbeischauen, auf **www.annalowe.de**.

www.ingramcontent.com/pod-product-compliance
Lightning Source LLC
Chambersburg PA
CBHW061923220726
48287CB00018B/841